LE JEUNE
ROMANTIQUE,

OU

LA BASCULE LITTÉRAIRE.

PARIS. — IMPRIMERIE ET FONDERIE DE FAIN,
RUE RACINE, N°. 4, PLACE DE L'ODÉON.

LE JEUNE ROMANTIQUE,

OU

LA BASCULE LITTÉRAIRE.

TABLEAU SATIRIQUE

EN CINQ PARTIES ET EN VERS.

PAR F. GRILLE (D'ANGERS).

A PARIS,

CHEZ LEVAVASSEUR, LIBRAIRE,

AU PALAIS ROYAL.

DÉCEMBRE 1830.

PRÉFACE

DE L'ÉDITEUR.

Il était impossible qu'un homme, animé d'un patriotisme actif, pressé de remplir ses jours par des travaux d'utilité générale, ami des arts, admirateur des sciences et de leurs découvertes, cultivant les lettres avec indépendance, et ayant donné des gages de son culte pour la liberté, il était impossible qu'il ne fût pas, sous le gouvernement de Charles X, victime des plus odieuses persécutions.

Il le fut, et les mesures les plus misérables furent prises pour l'enlever deux fois aux attributions qu'il avait conduites avec succès sous le règne successif de vingt ministres et dans l'espace de près de vingt années.

L'homme disgracié, méconnu, se retira avec sa famille dans le village de l'Étang-de-Retz, près Marly et Saint-Germain-en-Laye.

La campagne est là délicieuse. Un vallon, des bois, des coteaux, une bibliothéque choisie, une société douce et paisible ; tout cela était propre à calmer les esprits de notre ex-administrateur, réduit au rôle de philosophe.

 PRÉFACE

En attendant de meilleurs jours, il s'occupait de différens ouvrages. Il en préparait un sur l'état civil de tous les peuples de la terre, à remonter jusqu'aux premiers âges. Il en traçait un autre sur les phases diverses de nos troubles, et il voulait, dans un dictionnaire (dont les principaux articles sont achevés), donner la clef d'une infinité d'événemens qui jusqu'ici sont restés mystérieux, et sur lesquels il était à même d'avoir de singulières révélations. Enfin, pour varier l'emploi de ses loisirs, il jetait sur le papier des *tableaux de mœurs* en vers, et dans le courant de juillet dernier, il était venu à Paris pour faire imprimer l'une de ces esquisses légères qu'il avait, en jouant, composé.

Il en corrigeait les épreuves lorsque le tocsin se fit entendre. Le tocsin à Paris! L'airain du fanatisme appelant à l'insurrection tous les citoyens généreux !

Le poëte laissa tomber sa plume et courut au milieu d'un mouvement qui se faisait au profit de cette cause pour laquelle il avait souffert.

Les affaires tournèrent fort bien. Les jeunes gens, les ouvriers, firent merveille. Les organes de l'opinion, les journaux avaient donné le signal, et partout il avait été compris. Il n'y avait qu'une voix, il n'y avait qu'un élan ; c'était un colosse magique qui s'était élevé tout à coup pour frapper au cœur la tyrannie. Jamais peuple n'avait donné au monde un si magnanime spectacle. Le drapeau national flottait sur les tours Notre-Dame, sur le Louvre, sur les Tuileries, et l'on put croire, quand le Roi-patriote eut été élu par les Chambres, que la justice allait avec lui reparaître, que l'intrigue baisserait pavillon, que le droit reprendrait son poste et ferait taire la faveur. Notre auteur partagea cette illusion avec d'autres. Il s'y livrait avec transport ; mais lui et eux furent pris pour dupes, car les choses avaient peu changé ; un moment sorti de l'ornière on y était aussitôt retombé ; et la *doctrine* captieuse, s'ouvrant la route des grandeurs, avait dévoré tous les germes plutôt que de les faire parvenir à leurs utiles développemens.

Par elle et ses adeptes, comme par leurs imitateurs, le sophisme s'est mis au lieu et place de la raison. On a vu venir d'autres ministres, mais sans voir partir les abus. Une erreur a été remplacée par une autre ; un aveuglement par un aveuglement. La cour a disparu, non les courtisans. Les jésuites ont voilé leur enseigne, les hypocrisies sont restées. Le nom, la couleur n'y fait rien ; si l'intrigue et l'iniquité sont encore chez nous dominantes, la révolution n'est pas finie !

C'est une chose bizarre, funeste, inconcevable, que cette maladresse inouïe qui a fait perdre le fruit du plus ardent courage et des plus mâles inspirations. Le peuple avait tout aplani ; les obstacles étaient levés, les routes étaient rendues faciles. Il n'y avait plus qu'à marcher dans ces voies larges, dans cette vaste carrière qui était ouverte devant nous. Il n'y avait plus qu'à édifier et à construire ; les matériaux étaient préparés, et toute la nation attendait qu'on se mît à l'œuvre ; elle attendait, avec une anxiété et aussi avec une patience qui frappaient de toutes parts l'observateur, qu'on accomplît la tâche qu'elle avait héroïquement commencée !

Il ne s'est pas trouvé une main assez habile pour employer ces élémens ; il ne s'est pas trouvé un esprit élevé, hardi, désintéressé, qui ait pu comprendre cette admirable position ; il ne s'est pas trouvé de noble cœur qui ait su tirer parti de tant de dévouement, dont Paris avait fait preuve, et que les départemens se montraient empressés d'imiter.

Au lieu de saisir cette occasion, on a redouté cet enthousiasme ; au lieu de profiter de ces dispositions, on a repoussé ces témoignages et fait rétrograder tant qu'on a pu les vœux, les idées, les projets.

Il y a eu là-dedans quelque aventure qui tenait à la fatalité, j'allais presque dire à la trahison et au complot. On ne peut croire à tant d'incurie ! quand la paix, si utile au monde, si conforme aux besoins de la civilisation, si indispensable pour l'industrie et pour les arts ; quand cette paix si précieuse et si chère pouvait être assurée par l'attitude qu'avait prise la France aux journées de juillet, et qu'elle voulait garder, on a procédé avec une mollesse dans la direction des affaires, on a mis une lenteur dans leur expédition, on a laissé voir une telle inquiétude, on s'est tant informé de l'opinion des puissances sur notre nouvelle dynastie, on a fait de tels choix à l'intérieur et arrêté de telles mesures, qu'on a fini par amener les embarras dans lesquels aujourd'hui nous nous trouvons, et que l'on a rendu presque certaine cette guerre qu'il était pourtant si aisé d'éviter !

Est-il vrai qu'il n'y ait dans tout cela que de simples fautes ? N'est-il pas permis d'y trouver l'apparence des desseins, sinon les plus criminels, tout au moins les plus insensés ?

Le temps éclaircira ces doutes !

Quelle confusion le ministère passé lègue au ministère présent !

Mais celui-ci qu'a-t-il fait ? Que fait-il ? Répare-t-il les torts de son prédécesseur ? Y a-t-il moins, dans ses flancs, d'esprit de *commérage* et de népotisme ? A-t-il rompu avec les coteries ? N'écoute-t-il que la voix de l'honneur et de la justice ? L'expérience est-elle pour lui une leçon, une lumière ; ou bien se plaît-il à errer dans le vague de l'essai et du hasard ?

Rejette-t-il avec dédain ceux qui n'ont à faire valoir près de lui que de loyaux services, sans bassesse et sans concessions ? Et n'a-t-il d'emplois, de confiance que pour ceux qui lui remettent en mémoire des souvenirs de collége ou de barreau, de bal, de théâtre ou de salon ?

C'est là-dessus qu'il y aurait des pages à écrire et de belles tirades à débiter.

Nous vivons à une époque remarquable par les traits qu'elle offre à l'écrivain satirique. Tout paraît agir et se grouper pour exciter sa verve et donner de l'aliment à sa passion. Toutes les combinaisons de l'absurde qu'on épuise ; les institutions qu'on bouleverse, les promesses qu'on fait par centaines, et auxquelles on manque sans pudeur ; les petits êtres qu'on place dans de grandes fonctions ; le désordre qui s'établit par les mains qui étaient appelées à le redresser ; puis ces bons et honnêtes citoyens, qui regardent tout ce mélange de prétentions et de bévues ; ces marchands et ces laboureurs qui paient ; ces fous qui jouissent et qui raillent ; ces juges qui prêtent tous les sermens qu'on veut ; ce clergé qui machine et qui prêche contre le trésor qui le nourrit ;

ces Chambres qui consacrent tout ce chaos par leurs solennelles décisions ; et ce prince populaire et sage qui gémit de tout ce qui se passe, qui voit le mal sans pouvoir fonder le bien, qui sympathise avec tout ce qu'il y a de pur et de brave, et qui ne peut arriver à faire que personne soit calme, tranquille, satisfait ! Voilà, certes, de quoi composer un tableau de mœurs qui aurait une belle exposition, une série complète de scènes piquantes et un dénoûment curieux.

Ce dénoûment n'est point incertain. C'est lui qui me console et me rassure. Les ressources du pays, en hommes et en argent, suffiront à tout. Ces ressources combleront tous les vides, rassasieront toutes les cupidités !

Un jour viendra, et ce jour n'est pas loin, où toutes les récriminations devront cesser, où la joie renaîtra dans les âmes, où la France sera non-seulement libre, mais unie, mais glorieuse. Alors le poëte que nous avons un instant perdu de vue, mais auquel nous finissons par revenir, le poëte reprendra son allure d'homme de règlemens et de bien public. Que ses amis comptent là-dessus. Sa destinée est de suivre la fortune du pays. Quand le pays souffre, il souffre ; quand il se relève, le poëte se relève avec lui. Il rentrera dans les affaires avec ce feu qui ne peut s'éteindre, avec cet amour de la vérité qui est son flambeau et son guide.

Plus il aura acheté cher le repos, plus le repos lui sera précieux. Ses dégoûts et ses peines auront un terme. Il s'élance déjà dans cet avenir. S'il voit la France courir aux armes, il la voit aussi victorieuse ;

il voit terrassés et flétris tous les despotismes, grands et petits, qui l'ont menacée et désolée.

Le poëte hait le despotisme sous quelque forme qu'il se montre. Il l'a combattu en politique comme il l'attaque en littérature.

En politique, la lutte lui a suscité mille chagrins. Voyons si en littérature, en ne montrant pas plus de prudence, il sera pourtant plus heureux !

PERSONNAGES.

OSCAR, romantique. (20 ans.)
DERVAL, professeur classique. (45 ans.)
DORFEUIL, homme de lettres. (60 ans.)
Mme. DORFEUIL. (40 ans.)
JULIE DORFEUIL. (18 ans.)
Mme. DE SAINT-GEORGES, femme auteur. (36 ans.)
LEROUX, vieux libraire.
DE L'ÉTANG, jeune libraire.
MONVEL, directeur de spectacle.
SAINT-JEAN, domestique d'Oscar.
JÉROME, jardinier de Dorfeuil.
FANCHETTE.
GUILLAUME, meunier.
Mme. GUILLAUME.
Amis d'Oscar.
Amis de Derval.
Partisans romantiques.
Partisans classiques.
Garçons meuniers.

LE JEUNE
ROMANTIQUE.

PREMIÈRE PARTIE.

(Le théâtre représente le salon de Dorfeuil.)

SCÈNE PREMIÈRE.

DORFEUIL, Mme. DORFEUIL.

DORFEUIL.

Eh quoi! vous prétendez que je prenne pour gendre
Un de ces écrivains que l'on ne peut comprendre;
Un étourdi qui sort du collége , et qui croit
Qu'un prix d'honneur lui peut à présent donner droit
De régenter les chefs de la littérature;
Un fat qui refaisant la grammaire , censure
Tous nos modèles, tous! qui d'insipide auteur
Traite Quinault; Boileau , de versificateur;
Qui trouve qu'au-dessus de Racine et Malherbe
Dubartas et Ronsard lèvent un front superbe;
Tolère un peu Corneille , et veut bien avouer
Qu'en un temps de disette on a pu le louer;
Respecte aussi Molière et redoute son ombre;
Mais qui par des fragmens, écrits d'un style sombre,
Par un ton de cynisme et d'informes essais ,
Remplace ces tableaux dessinés à grands traits
Que gravaient sur le bronze et fixaient sur la toile
L'éternelle raison, la vérité sans voile?
Vous voulez que cédant à d'indignes clameurs,
Renversant des autels encor parés de fleurs,
De votre protégé j'aille encenser l'idole,
Et prendre les couleurs de la nouvelle école?
Vous aurez vainement fondé sur cet espoir.
Qu'on ne m'en parle plus; je ne veux plus le voir.

Mme. DORFEUIL.

Ce changement subit a droit de me surprendre.

DORFEUIL.

Au titre de beau-fils il n'osait pas prétendre,
Et je le recevais comme on reçoit les gens
Qui, par mille raisons, nous sont indifférens.
Mais il sait qu'éditeur des œuvres de Voltaire,
Pour un bailleur de fonds j'en fais le commentaire :
De ses plats quolibets l'en accable-t-il moins?
Il semble qu'au contraire il apporte ses soins
A braquer contre lui toutes ses batteries.
Qu'il porte ailleurs le sel de ses plaisanteries.
Le fruit de mon travail, de ma fille est la dot ;
Cependant on voudrait que je fusse assez sot
Pour donner et ma fille et le prix de mes veilles
A l'un de ces Midas aux pendantes oreilles,
Qui s'en vont déchirant mon auteur favori,
Mon père nourricier? S'il en était ainsi,
Si d'un pareil affront je me rendais coupable,
J'en devrais à genoux faire amende honorable,
Et pour m'arrêter court en un pareil début,
Marcher la corde au cou jusques à l'Institut.

Mme. DORFEUIL.

Vous exagérez tout, et votre esprit sauvage
Se fait sans contredit une très-fausse image
Des écrivains du jour. Ils ne critiquent rien,
Ce qu'on fit avant eux ils le trouvent fort bien.
Mais leur opinion est qu'il faut qu'on oublie
Tout le vieil attirail de votre Académie.
Chaque siècle produit ses genres de talens;
Ce sont pauvres motifs que des antécédens;
Il faut, quoi qu'il en coûte à votre humeur chagrine,
Par un chemin tout neuf sortir de la routine.
Nul ne perce aujourd'hui que par l'invention,
Et du succès enfin c'est la condition.
Du neuf, toujours du neuf : c'est le cri de la terre
Ce qu'on a fait, raison de ne plus le refaire.
L'esprit de l'homme est vif, et les sentiers battus,
Émancipé qu'il est, ne lui conviennent plus.
Par des traits imprévus il faut qu'on le surprenne,
Un peu d'étrangeté le séduit et l'entraîne,
Oscar et ses amis l'ont senti tout d'abord,
Et c'est vers l'inconnu qu'ils ont pris leur essor.

L'inconnu nous attire, et même le bizarre ;
D'un monde positif leur charme nous sépare.
C'est par eux qu'on parcourt ces hautes régions
Où de sylphes légers on voit des légions....

DORFEUIL.

C'est par eux qu'on devient, souffrez que je le dise,
Idiot, insensé ; par eux que l'on méprise
Tout ce que d'âge en âge on avait admiré,
Et ce qu'ils voudraient voir en lambeaux déchiré.
Ils demandent du neuf ? Vieilles sont leurs maximes,
Comme au siècle gothique ils redoublent les rimes.
Ils nivellent leurs mots comme on les nivelait,
Ils martellent leurs vers comme on les martelait ;
Tenant ou renonçant à leurs franches coudées,
Au gré de leur caprice ils courbent leurs idées ;
Une telle pratique annonce à mon avis
Qu'ils n'ont pas les cerveaux dont on fait les maris.
Il faut du sens commun pour conduire un ménage,
Et celui qui d'abord se perd dans un nuage,
Qui dans l'eau trouble va s'enfoncer à plaisir
Aux branches de l'hymen ne se peut ressaisir.
Je ne veux pas avoir de fou dans ma famille,
Salut au romantique, il n'aura pas ma fille.

Mme. DORFEUIL.

C'est ce que nous verrons ! Ce jeune homme, après tout,
Est un de mes parens ; il est fort de mon goût...

DORFEUIL.

Mais il n'est pas du mien.

Mme. DORFEUIL.

        J'en suis désespérée
La chose ne me vient que d'être déclarée
Et j'ai permis déjà...

DORFEUIL.

        Quoi ?.. Quel est ce discours ?
Deviez-vous jusque-là conduire ces amours,
Sans savoir si je n'ai, fort de ma conscience,
Engagé mon serment à quelqu'autre alliance.

Mme. DORFEUIL.

Vous, monsieur ?

DORFEUIL.

Moi! mon choix ailleurs est arrêté;
Et le petit parent est bien loin rejeté.

Mᵐᵉ. DORFEUIL.

Je connais le sujet... C'est ce Derval, je gage ..
Il vient deux fois par jour nous montrer son visage;
Vous êtes vous flatté, Dorfeuil, que ce pédant
Sur le cœur de ma fille aurait quelqu'ascendant?
Et que moi, je serais pour lui dans la balance?

DORFEUIL.

Comment donc! professeur au collége de France
Décoré de deux croix et touchant par-dessus
Quatre beaux traitemens de deux bons mille écus
Est-ce un parti qu'on doive accueillir de la sorte?

Mᵐᵉ. DORFEUIL.

Ses croix, ses pensious, ses places, que m'importe?
C'est un classique froid, un homme embarrassé
Qui pése toute chose et sur rien n'a glissé;
Qui mesure au compas les phases de la vie;
Ne fait aucune part à la mélancolie,
Ne se livre jamais aux songes ravissans
Qui du barde inspiré vont pénétrer les sens
Et qui lui font trouver, par strophes suspendues,
Ces chants dont, à bon droit, nos âmes sont émues.

DORFEUIL.

Ah! c'est du pathétique, et nous ne sommes plus
A l'âge où l'on d. it rien établir là-dessus.

Mᵐᵉ. DORFEUIL.

Vous n'appréciez pas cette sollicitude
Qui du sort d'un enfant fait sa plus chère étude!
Vigilante amitié, plus vive que l'amour,
Semblable aux feux du ciel sur la fin d'un beau jour.
Qui succéde aux transports d'un plaisir éphémère.
D'une oreille attentive écoutez une mére;
Écoutez, de sa fille elle sait les secrets.

DORFEUIL.

Pourquoi l'encourager à des vœux indiscrets?

Mᵐᵉ. DORFEUIL.

Tout s'unit pour charmer dans celui qu'elle adore,

DORFEUIL.

Que possède-t-il? rien! Le besoin le dévore.
S'est-il fait recevoir bachelier ou docteur?
Non! Il n'est appuyé par aucun protecteur
Avec un tel époux et par lui mal pourvue
Ma fille risquerait de coucher dans la rue.

Mme. DORFEUIL.

Quelle est cette frayeur? Il faut en vérité
Qu'aux anciens erremens vous soyez encroûté!
Vous pensez qu'un poëte avec tant de mérite
N'aura pas le moyen de se tirer bien vite
Des intérêts grossiers et des vils embarras
Que met le sort jaloux au-devant de ses pas?
Je sais, dans vingt salons, des gens de haut parage
Qui de le posséder disputent l'avantage.
Les femmes à ses yeux font briller mille attraits,
Et chacune voudrait le prendre à ses filets;
Il a par son talent vaincu les plus farouches.
Ses délicieux vers sont dans toutes les bouches.
Non point de ces vers plats qui marchent deux à deux,
Provoquant le sommeil par leur rhythme ennuyeux,
Mais de ces vers brisés qui, bravant la cadence,
Promènent au hasard leur noble indépendance,
Et font dire à chacun, selon les goûts divers,
Ou que c'est de la prose ou que ce sont des vers.

DORFEUIL.

Je ne vous combats plus tant le mal est extrême!
Je vous verrai plus tard revenir de vous-même
Au bon goût offensé par ce bruyant essaim,
Ingrat à ceux qui l'ont réchauffé dans leur sein.
Ce sont petits marmots qui battent leur nourrice.
De leurs prétentions le temps fera justice.
De ces gens que la mode a mis au rang des dieux
Il n'en restera pas pour dire à nos neveux
Qu'ils ont passé par-là. C'est une coterie
Mort-née...

Mme. DORFEUIL.

Ah! voilà bien la rigueur de l'envie.

DORFEUIL.

Brisons là. Qu'à la cour, qu'au faubourg Saint-Germain.
Et que peut-être aussi dans le quartier d'Antin,
Oscar et ses consorts obtiennent les suffrages,

On reste au Luxembourg dans la ligne des sages.
Virgile fut mon maître, Homére est mon héros,
Et Derval, qui sur eux modéle ses travaux,
Épousera ma fille...

Mme. DORFEUIL.

Oscar a ma promesse.
Il ne s'est point souillé dans les eaux du Permesse;
Il eut pour maîtres Gœthe, et Schespire, et Schiller.

DORFEUIL.

Ce sont les trois démons qui sortent de l'enfer,
Ft qui vont de nos jours bouleversant les têtes ;
Mais ils auront, chez moi, fait de vaines conquêtes.
Je cours chez le notaire... et vous, sans plus d'éclat,
Disposez votre fille à signer le contrat.

Mme. DORFEUIL.

Je la disposerai, puisqu'on veut la contraindre,
A résister...

DORFEUIL.

Grands dieux !

Mme. DORFEUIL.

Vous avez tout à craindre
De deux cœurs résolus à ne vous céder pas.

DORFEUIL.

De votre fille ainsi vous égarez les pas.

Mme. DORFEUIL.

Nous avons abattu ce régime, où les péres
Mariaient leurs enfans sans l'aveu de leurs méres.
Nous secouons le joug et nous avons nos droits
Que nous ferons valoir en dépit de vos lois.
La jeunesse est pour nous...

DORFEUIL.

Tréve à ce badinage.

Mme. DORFEUIL.

Je ne badine pas...

DORFEUIL.

Vous prenez avantage
De cet attachement que je vous ai montré,
Mais qui ne s'était pas jusqu'ici rencontré

Avec une aussi vaine et si fausse doctrine ;
De l'état et des mœurs ce serait la ruine.

Mme. DORFEUIL.

Les voilà ! dès qu'on touche à leur autorité,
Ils s'imaginent voir l'univers agité.
Assez à votre joug on nous trouva soumises,
Contre vous à présent nous avons nos reprises,
Et nous voulons jouir du pouvoir qu'en vos mains
Trop long-temps aveuglés laissèrent les destins ;
Nous voulons partager le soin de nos familles :
Vous conduirez vos fils, nous conduirons nos filles.
Quant à la mienne elle est, de mon consentement,
Au moment où je parle auprès de son amant.

DORFEUIL.

Avec Oscar ?

Mme. DORFEUIL.

Eusemble ils font de la musique.

DORFEUIL.

A rompre leur concert il faut que je m'applique.
Mais que vois-je ?

Mme. DORFEUIL.

Derval !...

SCÈNE II.

Les Mêmes, DERVAL.

DORFEUIL.

Venez à mon secours...

Mme. DORFEUIL.

Monsieur, écoutez-moi...

DORFEUIL.

Ce sont de vains détours...
C'est là qu'est le danger... Venez...

Mme. DORFEUIL.

Il faut m'entendre.

DERVAL.

De quelqu'émotion je ne puis me défendre...
Vous n'êtes pas d'accord...

DORFEUIL.

Nous disputons...

Mme. DORFEUIL, *à Derval*,

C'est vous
Qu'à ma fille monsieur veut donner pour époux

DERVAL.

Il est vrai... Ce projet fait l'orgueil de ma vie.

Mme. DORFEUIL.

C'est un arrangement dont j'ai l'âme ravie,
Mais qui ne pourra pas avoir lieu s'il vous plaît.

DORFEUIL, *à Derval*,

Je cours au plus pressé... C'est dans votre intérêt...

Mme. DORFEUIL, *au même*,

Restez...

DORFEUIL, *au même.*

Ne tardez pas...

(*Il sort.*)

SCÈNE III.

Mme. DORFEUIL, DERVAL.

DERVAL.

Expliquez-moi, madame,
Qui pourrait empêcher que je prisse pour femme
L'objet de cet amour que je n'ai laissé voir
Qu'autant que m'a permis le plus étroit devoir.
Avant que d'en parler à celle qui l'inspire,
A son père j'ai cru que je devais le dire.
Fort du consentement qu'il m'avait accordé
Le vôtre allait par moi vous être demandé...
Vous souriez, madame ?..

Mme. DORFEUIL.

Eh ! non ; je vous écoute.
Je vois que vous avez suivi la grande route,
Mais c'est par ce chemin qu'on arrive trop tard.

DERVAL.

Que vais-je découvrir ?

Mᵐᵉ. DORFEUIL.

Je vous le dis sans fard,
Arriver par la mère est la plus sûre voie,
C'est, auprès de sa fille, elle qui mieux s'emploie;
Elle qui met un terme à ces difficultés
Par lesquelles vos pas se trouvent arrêtés.

DERVAL.

Mes pas sont arrêtés? et de quelle manière ?

Mᵐᵉ. DORFEUIL.

De toutes les façons vous restez en arrière...

DERVAL.

Un autre a prévenu mon hommage ?

Mᵐᵉ. DORFEUIL.

Vraiment
Il était mal-aisé qu'il en fût autrement.

DERVAL.

Mais votre époux...

Mᵐᵉ. DORFEUIL.

A fait ce qu'il a voulu faire...

DERVAL.

Et vous ?

Mᵐᵉ. DORFEUIL.

Ma fille et moi nous faisons le contraire.
Vous avez un rival qui s'est fait préférer.

DERVAL.

Un rival ?..

Mᵐᵉ. DORFEUIL.

Vous pouvez, monsieur, vous retirer.

DERVAL.

Dorfeuil a ma parole et j'ai reçu la sienne.

Mᵐᵉ. DORFEUIL.

Mais Oscar, en revanche, aura pour lui la mienne.

DERVAL.

Eh quoi! d'un drame obscur le misérable auteur
De l'objet qui m'est cher me ravirait le cœur ?

Mᵐᵉ. DORFEUIL.

Il vous est tout ravi, c'est affaire conclue.

DERVAL.

Je doute si je veille, et mon âme éperdue
Descend avec douleur de ses enchantemens.

Mᵐᵉ. DORFEUIL.

Ne vous épuisez pas à de vains argumens,
Et voyez le danger qui serait à poursuivre
Un dessein dont il faut que le cœur se délivre,
Quand il voit le succès qui s'éloigne de lui.

DERVAL.

De votre sentiment je diffère aujourd'hui,
Votre époux est pour moi ; le chef de la famille
A l'autel veut conduire et me donner sa fille,
Et j e persisterai, si vous le voulez bien,
Dans un but où l'honneur doit être mon soutien.

Mᵐᵉ. DORFEUIL.

Vous persistez encor, quoique je vous déclare
Que de vos intérêts ma fille se sépare?

DERVAL.

C'est en dépit de tout que je l'épouserai,
Et qu'ensuite vers moi je la ramènerai.
Les doux soins d'un mari la rendront plus traitable.

Mᵐᵉ. DORFEUIL.

Mais ce premier penchant...

DORVAL.

               Il n'a rien de coupable.
Si de pareils élans, d'un instinct fugitif,
Devaient d'une rupture être ainsi le motif,
Serait-il un hymen, une seule alliance
Que l'on pût achever sans nulle défiance?
Quelle femme de bien, à l'aube de ses jours,
Ne se prit aux réseaux d'innocentes amours ?
C'est comme un feu léger qui prépare son âme
A la réalité d'une plus tendre flamme,
C'est un rêve, une erreur ; c'est un son, un éclair
Qui ne laisse après lui nulle trace dans l'air.
Faut-il s'épouvanter d'une si simple chose?
L'effet cesse dès lors que doit cesser la cause ;
Dès que les deux enfans qui se croyaient épris
Ne se voient plus, ils sont bien souvent ennemis.
Qu'est-il là dont il faut que le mari s'offense ?

De ce raisonnement tirez la conséquence :
J'épouserai, madame, en face des rivaux,
Et veux me confier à vous de mon repos.
Une faute par moi n'est jamais soupçonnée !
Et l'éducation que vous avez donnée
De tout me répondra.... je rejoins votre époux.

(Il sort.)

SCÈNE IV.

Mme. DORFEUIL.

Celui-là, vrai classique, au moins n'est pas jaloux.
Ça devient sérieux. Comment sortir d'affaire ?
Vers moi Julie accourt...

SCÈNE V.

Mme. DORFEUIL, JULIE, OSCAR.

JULIE.

Mon excellente mère !
C'est en vous désormais qu'est mon unique espoir.
Ce que je viens d'ouïr, ce que je viens de voir,
Cet hymen dont mon père aujourd'hui me menace,
Ce jour déjà fixé... tout m'afflige et me glace.

Mme. DORFEUIL.

Je veille, ne crains rien... Je veux te prémunir
Contre des maux qu'hélas ! je n'ai pu prévenir.

OSCAR.

J'ai peine à comprimer le dépit qui s'empare
D'un cœur, peu fait encor au traitement barbare
Qu'on lui fait éprouver : par quel motif ? pourquoi ?
Que votre père a-t-il à dire contre moi ?
Pourquoi me repousser ? qu'ai-je fait sur la terre ?
Si vous m'aimez Julie, et si vous m'êtes chère,
Pourquoi ne pas serrer des nœuds que le destin
Semble avoir consacrés de son droit souverain ?
Tous deux sommes issus d'une race commune.

Mme. DORFEUIL.

Noble !... mais vos parens ont perdu leur fortune,
Et mon mari ne veut qu'un gendre bien traité,
Par ce grand dieu de l'or en tous lieux si fêté.

J'ai voulu rassurer cet esprit incommode....
Mais!....

OSCAR.

Il ne connaît pas le fond de la méthode.
Tout en faisant des vers, tout en faisant l'amour,
Nous faisons de l'argent ; au système du jour
Nous sommes dévoués, dans toutes ses parties ;
Et nous vendons toujours bien cher nos poésies.
Les secrets du calcul nous sont tous révélés,
Et nous ne sommes plus à ces temps reculés
Où le métier d'auteur fut un métier de dupe.
C'est d'un double intérêt que notre esprit s'occupe :
D'abord c'est le moral, puis le matériel;
Un poëte, à présent, est un industriel
Qui divise en deux parts son active existence :
L'une erre dans le vague avec toute licence,
L'autre va terre à terre et mesure ses pas;
L'une ranime l'autre, et ne l'égare pas.
C'est un raffinement qu'ignoraient nos ancètres,
Et qui seul nous rendrait dignes d'être leurs maîtres.
Ces ressorts, qu'en détail j'ai dû vous confier,
M'ont paru de nature à vous édifier.
Je soigne mes marchés autant que mes ouvrages;
Quand j'élève mes prix, je raccourcis mes pages.
Je sais comment au vol saisir l'occasion,
Et j'ai des supplémens à chaque édition.
Allez de votre époux dissiper les fantômes.
Je ne donnerais pas le plus mince des tomes
Que je fais publier, pour le meilleur emploi,
Que par grâce on obtient des ministres du roi.
Donnez-moi votre main : si le ciel me seconde,
Nous ferons tous les deux figure dans le monde.
Chez moi, venez demain...

JULIE.
Moi?

Mme. DORFEUIL.

Chez vous ?

OSCAR.

Pourquoi pas?
Vous viendrez ; vous voudrez accompagner ses pas ;
Vous saurez quel crédit j'ai dans la librairie,
Quelles sommes déjà produit ma trilogie;
Des fonds que j'ai placés vous verrez les coupons,

Et vous aurez alors, pour une, dix raisons
De chasser loin de vous les sinistres présages.

JULIE.

Oh ciel ! qu'est-il besoin de voir ces témoignages ?
Votre amour me suffit.

OSCAR.

Oh, je le pense bien !

Mme. DORFEUIL.

Le reste cependant, je crois, ne gâte rien.

OSCAR.

Jouissez de l'éclat et de la renommée
De celui qui vous sert. Notre vie est formée
De tous ces élémens en faisceau réunis.
Un statuaire habile, et l'un de nos amis,
Fait les portraits en pied de tous les romantiques,
Ce sera le pendant du salon des antiques.
Votre image sera notre palladium,
Vous aurez votre cippe au Colbert-muséum,
Où pourrait-il trouver de plus charmans modèles ?
Son ciseau moelleux pour vous aura des ailes,
Au Louvre vous serez placée à mon côté,
Et nous irons ensemble à la postérité.

Mme. DORFEUIL.

Nous irons... Nous verrons... à mon époux ensuite,
Je parlerai plus ferme et terminerai vite
Une affaire....

JULIE.

Où je mets le bonheur de mes jours !

OSCAR.

Esprits inspirateurs ! protégez nos amours !

FIN DE LA PREMIÈRE PARTIE.

DEUXIÈME PARTIE.

(Le théâtre représente le cabinet de travail d'Oscar. Ce cabinet
est décoré comme un salon. A côté des livres sont des bronzes,
des fleurs , des glaces , des vases d'albâtre , des tableaux.)

SCÈNE PREMIÈRE.

OSCAR, SAINT-JEAN. (*Oscar dort sur un canapé.*)

SAINT-JEAN.

Monsieur !.... L'heure s'avance, et déjà midi sonne.
Faut-il qu'à sa paresse un auteur s'abandonne ?
Monsieur !... pour un poëte, il a le sommeil lourd
Lui, qui n'est pas muet, est-il devenu sourd ?
Monsieur !...

OSCAR *s'éveillant.*

Ah ! malheureux ! pourquoi troubler mes songes ?
Pourquoi m'enlèves-tu ces aimables mensonges
Qui viennent m'enivrer aux heures du sommeil ?
Je me voyais porté sous un dais de vermeil ;
Des séides ardens qui formaient mon cortége
Dispersaient devant moi les pédans de collége ,
Et dans les doux transports de cette ovation ,
J'éclipsais Camoëns et détrônais Milton.

SAINT-JEAN.

Ce sont apparemment deux rois que l'on admire ?

OSCAR.

Deux rois !....

SAINT-JEAN.

Vivez en paix.... quel démon vous inspire ;
Vous vous couchez fort tard, et, quand vous sommeillez,
Vous combattez encor comme quand vous veillez ;
Des mots entrecoupés sortent de votre bouche ;
Les yeux tout grands ouverts et le regard farouche ,

Debout, sur votre lit, frappant avec fureur,
Vous avez l'air d'un spectre et vous me faites peur.
Ah ! croyez-moi, changez de manière de vivre ;
Et dites-moi, monsieur, ne peut-on faire un livre
Sans crier tout le jour et sans courir le soir,
Pour aller s'il se peut partout se faire voir ?

OSCAR.

Si je vas partout, c'est que partout on m'appelle.
Je suis de mon destin la pente naturelle ;
Je puis bien répéter, puisque chacun le dit,
Qu'on vante ma figure autant que mon esprit.
D'ailleurs, serait-il mal de prendre ses mesures,
Pour se garer un peu de certaines censures
Qui viennent du côté que nous avons vaincu ?..
Dans le monde savant il faut avoir vécu
Pour juger des dégoûts, du fiel dont on abreuve
Le mérite naissant. C'est une rude épreuve !
L'envie a contre nous le venin de l'aspic ;
Il faut avoir son peuple et se faire un public.
Composer un ouvrage est chose assez facile,
On peut y parvenir sans être fort habile ;
Mais le faire passer à travers les rescifs ;
Dans leurs tubes forcés tenir les vents captifs ;
C'est là qu'est le péril, et là qu'est la science !
Pour moi, je l'avouerai, j'y vas en conscience,
Je ne veux, s'il se peut, rien laisser au hasard.
Je caresse du geste et flatte du regard.
Je mets de mon côté d'abord toutes les belles ;
A Paris le succès se décide par elles ;
L'homme bien élevé n'a jamais applaudi
Que ceux pour qui sa femme a déjà pris parti.
C'est beaucoup que, pour soi, d'avoir les bons ménages
Dans un siècle où les gens veulent passer pour sages ;
On ne craint plus alors que ces enfans perdus
Qui murmurent toujours, mais qu'on n'écoute plus.
Je me garderai bien de changer de manière !
Lorsque des feux du jour l'étoile avant-courrière
M'inspire une ballade, aussitôt mes amis,
De mes vers enchantés, dans les murs de Paris
Font courir cet enfant d'une lyre féconde ;
Ils forcent, malgré moi, la retraite profonde
Où parfois je m'enferme, et je suis devenu
Victime d'un succès sans effort obtenu.
Si d'un drame, soustrait aux règles d'Aristote,

J'enrichis le théâtre, à son culte dévote,
Ma secte, à mon insu, s'emparant des billets,
Sait de la réussite assurer les progrès.
Il faut doubler la garde, et, sous le pérystile,
On voit les curieux se presser à la file;
Les uns viennent pour rire et d'autres pour pleurer:
C'est un double triomphe! et s'il pouvait durer
J'aurais assez d'écus bientôt sur ma parole
Pour dorer les panneaux de ma nouvelle école!

SAINT-JEAN.

C'est un commerce auquel, pour moi, je n'entends rien
Et, si vous y gagnez, ma foi, vous ferez bien
De ne pas tout risquer sur une seule planche.
Tel monte le jeudi qui tombe le dimanche.
Soyez prudent...

OSCAR.

           Sais-tu que j'attends ce matin
La touchante beauté qui règle mon destin?
As-tu paré le temple? et, dis-moi, la toilette
De mon appartement sera-t-elle complette?
Pour aplanir les pas à mes jeunes amours
Mets-tu sur le parquet les tapis de velours?
En touffe as-tu lié l'iris, l'hémérocale
La rose du Japon et celle du Bengale?
Le classique enfumé travaille dans un coin,
Et de fleurs, pour écrire, il n'a jamais besoin.
Mais moi j'aime le luxe, et, dans mes rêveries,
J'ai conçu que Buffon travaillât aux bougies.
Quand je suis étendu sur un bon canapé
Le vers, à mon esprit, arrive mieux coupé
Et s'il te faut parler sans feinte et sans figure
C'est du fond d'un boudoir que je peins la nature.
On sonne, va, cours, vole...

SCÈNE II.

Les Mêmes, LE DIRECTEUR DE THÉATRE.

OSCAR.

           Eh! c'est mon directeur!
D'une maison de fous sage administrateur;
Austère capitan d'une troupe folâtre...
Comment va la recette et comment le théâtre?

LE DIRECTEUR, à Saint-Jean.

Laisse-nous un moment....

                  (Saint-Jean sort.)

SCÈNE III.

OSCAR, LE DIRECTEUR.

LE DIRECTEUR.

La recette va mal.
Le thermomètre monte, et de Saint-Cloud le bal
Entraîne la banlieue et la cour et la ville.
D'un bon coup de collier la ressource est utile.
Ce soir il faut chauffer l'orchestre et le balcon,
Il faut mettre au parterre un plus fort peloton
De ces hommes adroits qui font mousser les choses.
Une direction n'est pas un lit de roses!...

OSCAR.

Mais le compte du mois ne sera pas mauvais?

LE DIRECTEUR.

Il n'est pas bon du tout, et je renoncerais
A des succès pareils, s'il fallait tous les prendre
Au taux que ce dernier on a voulu le vendre.

OSCAR.

Ce langage diffère en tout point de celui
Que vous teniez d'abord...

LE DIRECTEUR.

Il nous faut aujourd'hui
Voir les choses de près, et voici le mémoire
Au juste...

OSCAR.

Du caissier épluchons le grimoire...

LE DIRECTEUR.

Primo sur votre part seront attribués
Mille billets par vous signés, distribués;
Puis les loges du cintre et les loges de face
Que vous vous réserviez, mais qu'il faut que je fasse
Porter à votre charge, et cela tous les jours,
Depuis que de la pièce on voit durer le cours.
Plus, un décor entier, par extraordinaire,
Que sur votre demande il nous a fallu faire;
Plus, une addition de costumes tout frais,
Que pour monter la pièce on fit couper exprès,

2

Et qui, bariolés d'un grotesque assemblage,
Ne pourront nous servir pour aucun autre ouvrage.

OSCAR.

Que me contez-vous là ?

LE DIRECTEUR.

Je lis ce que je vois.

OSCAR.

Ah ! de ma patience on se raille, je crois.

LE DIRECTEUR.

On ne se raille point.

OSCAR.

A cette kyrielle
Me ferez-vous souscrire?.... on me la donne belle ;
Et de ce réglement quel est le résultat ?

LE DIRECTEUR.

Vous redevez, monsieur, suivant ledit état,
Tous vos droits défalqués sur une base large,
La somme, qu'au crayon, nous avons mise en marge.

OSCAR.

Deux mille écus ?

LE DIRECTEUR.

C'est bien en effet le total.

OSCAR.

Voilà, sur ma parole, un compte original.

LE DIRECTEUR.

Exact, vérifié par le droit des Hospices.

OSCAR.

Quoi! je ferais la pièce et puis les sacrifices?
Comment je remplirais un parterre désert,
Et votre déficit serait par moi couvert ?
Déficit prétendu, car on me porte aux nues.
Mon ouvrage a tenu les chaleurs suspendues,
On a voulu rester à Paris pour le voir,
Et pourtant je paierais au lieu de recevoir?

LE DIRECTEUR.

Prenez garde, monsieur, de vous aigrir la bile,
Pour liquider cela le bruit est inutile.

Par égard, amitié, considération ,
Le comité prend part à la condition
Dans laquelle vous met votre dernier ouvrage ;
Et , comme enfin de vous, il attend davantage,
Il vous offre de mettre au néant cet écrit.

OSCAR.

C'est pour rien qu'on espère avoir mon manuscrit ?

LE DIRECTEUR.

Le Théâtre, monsieur, vous laisse vos entrées,
Nulles de ses faveurs ne vous sont retirées ;
Si vous faites encor, comme on n'en doute pas,
Quelque drame, on s'engage à vous donner le pas
Sur tous les écrivains les plus forts de l'époque.

OSCAR.

Je le répète, il faut que de moi l'on se moque,
Et je ne puis souffrir....

LE DIRECTEUR.

      Là finit mon pouvoir;
J'ai voulu de mon mieux accomplir mon devoir,
Après quoi je vous vas tirer ma révérence.
Si d'un compte meilleur vous gardez l'espérance ,
Si notre ultimatum par vous est rejeté ,
Vous savez le chemin de notre comité.
Venez.... est-il besoin que je vous garantisse
Qu'on y rend aux auteurs toujours prompte justice?

(Il sort.)

SCÈNE IV.

OSCAR, seul.

Cet accommodement est un emprunt forcé
Dont je me serais bien pour le moment passé.
Je reste sous le poids de mes belles promesses,
Quand ces dames viendront, où seront mes richesses?
Je ne m'étais bercé que d'une illusion.
Vit-on jamais auteur dans ma position ?
Éprouva-t-on jamais disgrâce plus amère ?
Mais... oui... je puis compter sur la fille et la mère,
Et de l'une l'amour, de l'autre l'amitié,
Pour tromper l'ennemi, se mettront de moitié.
En parlant de mes fonds je comptais sans mon hôte.

2.

Dans tout ce déficit il n'est rien de ma faute,
J'ai fait ce que j'ai pu ; tous mes vers sont ronflans,
Et j'ai multiplié partout les incidens.
De leurs trois unités j'ai secoué la chaîne,
A chaque acte est changé le sujet ou la scène;
Point de transitions, on ne sait où l'on est :
C'était là le moyen d'augmenter l'intérêt.
Le spectateur qui cherche à percer le mystère
S'unit avec l'auteur...

SCÈNE V.

OSCAR, SAINT-JEAN.

SAINT-JEAN.

> Voici votre libraire !

OSCAR.

Mon libraire ?.. Lequel ?... mes actions vraiment,
Vont remonter... j'ai cru reconnaître l'accent
De ce malin vieillard... et je suis dans la joie.
Le chiffre qu'aux journaux le directeur envoie,
L'attire dans ces lieux... voyons, jouons serré :
Le mal, si grand qu'il soit, peut être reparé.

> (*Saint-Jean introduit le libraire, et sort.*)

SCÈNE VI.

OSCAR, LEROUX.

LEROUX.

Monsieur, je suis connu dans notre compaguie
Pour être le furet des œuvres du génie.
Je le suis à la piste, il ne m'échappe pas ;
De mes éditions les amateurs font cas,
Dans tous les lieux connus j'ai des correspondances ;
Et j'ai fondé sur vous de grandes espérances.

OSCAR, *à part.*

L'exorde est séduisant, et ce début promet.

LEROUX.

Nous agissons par goût plus que par intérêt,
Et l'on nous voit toujours heureux quand il arrive

Que, par les soins constans d'une industrie active,
Nous secondions les vœux de ces rares esprits
Qui font honneur au temps par leurs nobles écrits.

OSCAR, *à part.*

Où veut-il en venir?

LEROUX.

Vous avez sur la scène
Fait paraître à la fois Thalie et Melpomène :
Les masques des deux sœurs, les grelots, le poignard,
Se confondent pour plaire... et, grâce à vous, notre art,
Après un long sommeil, a fait un pas immense.
Quel dommage serait-ce, ah! monsieur, que la France
Ne jouît pas bientôt du chef-d'œuvre sans prix
Que savoure à longs traits l'habitant de Paris.
Je viens vous supplier de souffrir que la presse
Reproduise au grand jour l'ouvrage qu'on s'empresse
D'aller voir au théâtre et qui doit, par le fait,
Gagner à la lecture et dans le cabinet.

OSCAR.

Le compliment, monsieur, m'est des plus agréables,
Quoiqu'on m'en ait déjà fait plusieurs de semblables;
Je vous veux sur-le-champ livrer mon manuscrit
Et je cours le chercher...

LEROUX.

A quel taux cet écrit
Par vous est-il porté ?

OSCAR.

Mais je vous le demande ?
Est-ce un prix qu'avec vous il faut que je défende ?
Vous savez qu'un auteur a des besoins pressans.
Nous avons là-dessus des exemples récens :
On s'arrache des mains nos moindres opuscules;
Vous n'aurez pas de peine à lever mes scrupules,
Offrez, offrez toujours, je vas me marier
Et c'est bien le moment de me gratifier
De quelques bons mandats ayant cours sur la place.

LEROUX.

Mais encore pour vous que faut-il que l'on fasse?

OSCAR.

Vingt mille francs .. ou rien!

LEROUX, *à part.*

Juste Dieu ! c'est un juif !

OSCAR.

Si vous dites un mot je double le tarif.
M'avez-vous pris, monsieur, pour l'auteur famélique
Qui colportant ses vers de boutique en boutique
Ne trouve même pas à les vendre au rabais,
Et finit par les faire imprimer à ses frais ?
Les destins protecteurs m'ont fait d'une autre étoffe.
Dédaignant l'air confus d'un rimeur philosophe,
J'ai le cœur élevé ; je sais ce que je vaux,
Et vis avec honneur du fruit de mes travaux.
Consultez-vous un peu , car la chose en est digne.
Je vous quitte un moment... mon valet me fait signe.
Mais je vas revenir... Songez bien qu'il s'agit
D'un homme de salon , d'un poëte en crédit.
Mon nom est populaire , et toutes les gazettes
Chaque jour, pour ou contre, ont des colonnes faites.
Tout est bon... vous voyez que je mets de côté,
Le formulaire ancien de notre vanité.
Le profit du libraire est toute ma boussole,
Et mon orgueil du moins est de la bonne école.
Pensez-y... croyez-moi...

(*Il sort, et Saint-Jean, qui l'a averti par gestes, demeure*)

SCÈNE VII.

LEROUX, SAINT-JEAN.

SAINT-JEAN.

C'est un libraire encor.

LEROUX.

Encor un ?

SAINT-JEAN.

A mes yeux il a fait briller l'or !

LEROUX.

Je doublerai la somme , et va dire à ton maître
Que je prends son ouvrage à tout prix...

(*Saint-Jean sort.*)

SCÈNE VIII.

LEROUX, *seul.*

Ah ! le traître !
C'en est fait du commerce et de la bonne foi
Depuis qu'à son libraire un auteur fait la loi.
La fabrication est une maladie :
Chaque imprimeur a fait son encyclopédie,
Chacun ses manuels, chacun ses résumés.
Sous leur poids, les lecteurs se verront assommés.
On a pour les romans des traducteurs à gages ;
On peut comme un habit commander ses ouvrages :
On retourne le vieux, et l'on a du nouveau
Que l'on pille en secret dans quelque fabliau.
A Paris on imprime, on imprime en province.
Il faudrait qu'en tous lieux, par un ordre du prince,
Afin que le débit se relevât un peu,
A tous les grands dépôts on fît mettre le feu !

SCÈNE IX.

LEROUX, SAINT-JEAN.

LEROUX.

Eh bien ?

SAINT-JEAN.

Avec chaleur j'ai plaidé votre cause
En des termes pressans j'ai fait valoir la chose,
J'ai dit que vous donniez... tout ce que l'on voudrait.

LEROUX.

Enfin ?

SAINT-JEAN.

Il est trop tard !

LEROUX,

Saint-Jean, il se pourrait ?

SCÈNE X.

Les mêmes, OSCAR, DE L'ÉTANG.

LEROUX, *à Oscar.*

Vous repoussez mon offre ?..

OSCAR.

O de la concurrence
Quelle est en cé moment pour moi la conséquence !
D'un romantique oser marchander les écrits !
De ce procédé bas vous recevez le prix,
Vous n'aurez pas l'honneur, avare que vous êtes,
De mettre votre timbre à mes œuvres complettes,
Monsieur est plus heureux...

(*Il montre de l'Étang.*)

LEROUX.

Ou du moins plus hardi.

DE L'ÉTANG.

Je suis rond en affaire... Un seul mot a suffi.
J'ai quitté les sentiers de la vieille pratique ;
Des lettres, moi, je veux servir la république.
Dans mon cabriolet on me voit le matin
Jusques à son hôtel relancer l'écrivain ;
A se produire au jour c'est moi qui l'encourage ;
De la gloire pour lui j'élargis le passage,
Et je pourrais citer plus d'un fils d'Apollon
Qui me doit sa fortune et l'éclat de son nom.

LEROUX.

C'est le Mercure adroit de nos poëtes !

DE L'ÉTANG.

Certe !
Pour les gens de valeur chez moi j'ai table ouverte ;
Et je dois déclarer que nos hommes d'esprit
Ont généralement un solide appétit !

LEROUX.

Vous nous assourdissez par le bruit que vous faites.
Si j'ai le train plus lent j'acquitte mieux mes dettes
Et crois qu'il ne faut pas, quand j'ai fait des billets,
Pour en toucher l'argent, m'appeler au Palais

DE L'ÉTANG.

Qu'entendez-vous par là ?

OSCAR.

De grâce, qu'on s'explique.

LEROUX.

Il vous imprimera sur papier mécanique ;
Si vous devez avoir plusieurs éditions,
Il vous enlacera dans ses conditions
De manière à pouvoir étendre le tirage,
Sans que vous ayez rien à toucher davantage ;
Il a le verbe haut... Ce n'est que du jargon ;
Et tout son entourage est monté sur un ton
Qui fait trembler... Ce luxe est un piège perfide.
Les magasins sont pleins ; le portefeuille est vide.

DE L'ÉTANG.

Monsieur !..

LEROUX.

Ce n'est pas tout que d'avoir des auteurs
Il serait bon aussi d'avoir des acheteurs.

DE L'ÉTANG.

Nous en aurons !

LEROUX.

Tant mieux! Courage, bonne chance !
Vous traitez avec lui ? j'attendrai l'échéance
Des bons qu'il vous fera ; vous me direz alors
Ce que vous penserez de mon confrère...

DE L'ÉTANG.

Sors,
Bouquiniste effronté ! va-t'en ! retiens ta langue.
As-tu donc, malheureux, compté par ta harangue
Effleurer le duvet de l'illustration
Qui germe sous les pas de mon ambition ?..

(*Se tournant vers Oscar.*)

Monsieur, je suis connu par plus d'une entreprise,
Et tel auteur, célèbre aux bords de la Tamise,
Me fait, par le bateau de Calais, parvenir
Son travail, à l'instant qu'il vient de le finir.
On compose à Paris, en même temps qu'à Londre ;
C'est de cette façon que nous pouvons répondre
Au vif empressement de nos consommateurs.

Laissons donc contre nous crier les détracteurs.
Le chemin est tracé, la carrière est ouverte ;
Et vos enjambemens sont une découverte,
Une mine féconde ; il la faut exploiter :
C'est pour cela sur moi que vous pouvez compter....

LEROUX, l'interrompant.

Le paiement, le paiement ?

DE L'ÉTANG, à Oscar sans écouter Leroux.

       Je le ferai d'avance !
Sa rage par ce mot est réduite au silence.
J'ai deux banquiers pour un et c'est à trois pour cent....

LEROUX, l'interrompant encore.

Par mois ?...

DE L'ÉTANG, à Oscar.

      Par an, monsieur, qu'on m'offre de l'argent.
Mais je n'use que peu de ce crédit superbe,
Et ma délicatesse est passée en proverbe.
J'ai du faste, il est vrai, mais il m'est bien permis ;
Une terre en Bretagne, un hôtel à Paris...

LEROUX.

Achetés !... mais soldés ?

DE L'ÉTANG, à Oscar.

       C'est une garantie
Contre laquelle vient échouer son envie.
Ses cris sont impuissans, il ne peut m'arrêter,
Je ne suis pas encore où je prétends monter.
Écrivez, écrivez, aussitôt je l'imprime ;
Si le public s'endort, c'est moi qui le ranime.
J'ai votre manuscrit, et vous saurez bientôt,
Monsieur, s'il est aisé de me prendre en défaut.
Je me connais en titre aussi bien qu'en vignettes ;
Vos figures, en bois, par Poret seront faites ;
Et, pour frapper les yeux, sur les trottoirs du pont,
Les lettres de l'affiche auront deux pieds de long.
Au revoir donc...

LEROUX.

Adieu...

(Les libraires sortent.)

SCÈNE XI.

OSCAR, SAINT-JEAN.

SAINT-JEAN.

Malgré ce qu'il peut dire,
J'ai peur que contre vous ce brave ne conspire,
Et que le vieux libraire, en un mot, n'ait raison.
De son expérience écoutant la leçon
Vous auriez dû tourner vers lui de préférence.

OSCAR.

C'est madame Dorfeuil et sa fille. Silence.
Cache-lui ces terreurs...

SCÈNE XII.

OSCAR, Mme. DORFEUIL, JULIE, SAINT-JEAN.

Mme. DORFEUIL.

Qu'avez-vous, mon ami?

OSCAR.

Je n'ai rien, je vous jure...

JULIE.

Ah! vous nous trompez... si,
Vous avez du tourment....

OSCAR, *à la mère et à la fille.*

Une seule parole
Qui tombe sur mon cœur le calme et le console.
Votre seule présence est un baume puissant
Qui distrait mon esprit de l'ennui qu'il ressent.
J'étais à discuter avec mes deux libraires.
Leurs formes avec nous ne sont jamais bien claires ;
Avec eux de ses faits on a beau convenir,
Ils nous promettent plus qu'ils ne peuvent tenir.

JULIE.

Eh! n'est-ce que cela? Nous avons des nouvelles
Propres à dissiper le noir de ces querelles.

Mon père ne veut plus vous fermer sa maison,
Et tout doit aller bien puisqu'il entend raison.

Mᵐᵉ. DORFEUIL.

Un point gagné, vers l'autre on marche avec courage,
Nous saurons pas à pas reprendre l'avantage.
Laissez faire... Dorfeuil à nos vœux s'est rendu,
Chez lui-même, et par lui, vous serez entendu.
De ma société je rassemble l'élite :
Vous y serez; chacun verra votre mérite.
Le premier, mon mari doit en être frappé;
Tout aveugle qu'il est, et, tout préoccupé
De ce choix importun, de ce dessein funeste,
Il vous verra demain ; le ciel fera le reste.
Vous nous lirez vos vers devant votre rival:
Car, avec lui, Dorfeuil amènera Derval.

OSCAR.

Derval?... en vérité!... Cela seul me décide...
Mon rival? c'est charmant!... et mon front se déride.
Oui, oui, je donnerai des vers de ma façon
A ce rhéteur guindé nourri sur l'Hélicon !

JULIE.

En nous les récitant, ayez de la mesure,
Faites sentir un peu le rhythme et la césure:
Mon père exigera cette condition.

OSCAR.

Je ne lui ferai point cette concession
Je veux lire à ma guise...

JULIE.

               Ah ! si je vous suis chère,
Ne prêtez pas aux mots l'accent de la colère.

OSCAR.

La passion m'emporte.

JULIE.

               Et vous entraine enfin
Jusqu'à faire oublier qu'il s'agit de ma main.

OSCAR.

N'est-il pas singulier que la littérature
Au cœur même d'un père étouffe la nature?

JULIE.

N'est-il pas singulier qu'un goût de certain vers
Compromette des nœuds qu'on dit être si chers?

OSCAR.

Une telle exigence est une tyrannie!
Faudra-t-il lire enfin comme à l'Académie?

JULIE.

Eh bien! s'il le fallait, serait-ce un grand malheur?

OSCAR.

C'est notre antipathie...

JULIE.

      Ah! c'est à votre cœur,
Qu'en cette occasion, cher Oscar, j'en appelle...

Mme. DORFEUIL.

De prouver votre amour l'occasion est belle.

OSCAR.

Je veux improviser sans préparation
Quelque poëme plein de verve et d'action
Qui saisisse les cœurs, enléve les suffrages...
C'est moi qu'on pique au jeu? j'en veux tirer les gages.
Demain vous me verrez, je suivrai vos avis
Et par eux je saurai vaincre mes ennemis!

SCÈNE XIII.

SAINT-JEAN, *seul.*

Le pauvre homme a la fièvre... il en perdra la tête.
Le ciel, en sa bonté, ne m'a fait qu'une bête,
Et je l'en remercie... Il vaudrait mieux cent fois
Battre le fer tout rouge ou bien fendre du bois
Que de passer sa vie en de telles alarmes.
Mon rôle de valet a pour moi plus de charmes;
Je dors paisiblement dans cet humble métier,
Et consens, à ce prix, de mourir tout entier.

FIN DE LA DEUXIÈME PARTIE.

TROISIÈME PARTIE.

(Le théâtre représente le jardin de la maison de Dorfeuil.)

SCÈNE PREMIÈRE.

JULIE, JÉROME, FANCHETTE.

JULIE.

Préparez le jardin, Jérôme; et toi, Fanchette,
Qu'en cet endroit par vous une tente soit faite.
Monsieur Oscar viendra.

JÉROME.

Lui, chez nous?

JULIE.

C'est pour lui.
Que, dans cette maison, tout s'apprête aujourd'hui.

JÉROME.

O merveille!

JULIE.

Mon père a fini par comprendre
Que l'on ne devait pas le juger sans l'entendre.

JÉROME.

De cet arrangement que dit monsieur Derval?

FANCHETTE.

C'est là le prétendu!...

JULIE.

Ce qu'il dit m'est égal ;
Et ce prétendu-là , je t'en fais la promesse,
Ne deviendra jamais l'époux de ta maîtresse !

(*Elle va s'asseoir à gauche sous les arbres.*)

JÉROME, *à Fanchette, bas.*

Le voyez-vous déjà cet esprit révolté !
Par sa mère son cœur est toujours excité ;
Madame avec monsieur très-rarement s'accorde,
Et leur fille est entre eux la pomme de discorde.

JULIE, *à part.*

Je ne sais, mais parfois j'éprouve une terreur
Qui soudain me saisit et court par tout mon cœur.
Mon père est-il toujours dans la même pensée ?
Que la nuit, à mon gré, s'est lentement passée !
J'aurais voulu hâter le retour du matin ;
Et je tremble à présent qu'un contre-ordre inhumain
Ne renverse l'espoir où ce cœur s'abandonne...

FANCHETTE *à Jérôme, bas.*

Je ne la connais plus;.. c'est une autre personne...

JULIE, *à part.*

L'amour qui, malgré moi, s'empara de mes sens,
Donne aux objets divers des aspects différens.
Le bal que j'adorais me devient insipide ;
Je déteste et je fuis ce dont j'étais avide ;
Je ne veux plus aller à ces brillans concerts,
Où m'étaient cependant mille hommages offerts.
En revanche, ces fleurs, ces arbres, ce silence,
Qui n'excitaient en moi que de l'indifférence,
Ce murmure des vents et ce cours des ruisseaux,
Ont ouvert mon esprit à des plaisirs nouveaux.
Je m'éveille à des biens que, soupçonnant à peine,
Je dédaignais; et moi, si superbe et si vaine,
Je plie et me soumets, trop heureuse d'avoir,
Prés d'un être charmant, à remplir un devoir !..

FANCHETTE *à Jérôme, bas.*

Approchons,.. car je suis curieuse d'apprendre...

JÉROME, *bas.*

C'est un nouveau langage... on n'y peut rien comprendre.

FANCHETTE, *bas.*

Si fait !... et ce langage est rempli de douceur.

JÉROME, *bas.*

Viens....

FANCHETTE, *bas.*

Non,...

JULIE *se lève.*

Si mon époux travaille avec ardeur,
Je veux certainement l'aider à quelque chose.

JÉROME, *bas.*

Bien ça !

JULIE, *à part.*

S'il fait des vers je ferai de la prose.

JÉROME, *bas.*

Si son père en sait rien ce sera de beaux cris !

JULIE, *à part.*

Sous les yeux de ma mère un roman, que j'écris,
Se vendra bien peut-être ; on y trouve de l'âme,
Des transports que je sens j'y mets toute la flamme,
Je doublerai par-là ma dot, et mon mari,
Plus riche me trouvant, m'aimera mieux aussi ;
Je serai femme-auteur et femme de ménage...

FANCHETTE, *bas.*

Jérôme, quel malheur d'être née au village
Et de ne savoir rien...

JÉROME, *bas.*

Habile n'es-tu pas
Assez pour me donner bien plus d'un embarras ?

JULIE, *haut.*

Quelqu'un vient... regardez....

FANCHETTE.

Monsieur Oscar, peut-être ?

JÉROME.

Non, c'est monsieur Derval que je crois reconnaître.

JULIE.

Où me cacher, où fuir ?

JÉROME.

Et pourquoi l'éviter ?
Ce mouvement n'est pas très-propre à le flatter.

JULIE.

Sortez !.. et, puisqu'il vient lui-même à ma rencontre,
Il faut que mon humeur toute entière se montre.

(*Jérôme et Fanchette sortent.*)

SCÈNE II.

JULIE, DERVAL.

DERVAL.

Seule, enfin, je vous trouve, et mon bonheur est grand.

JULIE.

Que ce qu'en moi j'éprouve est ici différent!

DERVAL.

Quoi!... ce mot est cruel... l'accueil de votre père
M'autorise...

JULIE.

Il n'est pas mon tyran, et j'espère
Aujourd'hui mettre un terme à vos prétentions.

DERVAL.

Vous n'avez contre moi que des préventions.
Jusqu'ici retenu dans de justes limites
Ainsi que mes aveux j'ai borné mes visites.

JULIE.

Je ne m'en plaignais pas!

DERVAL.

Et cependant mon cœur...

JULIE.

De grâce, du vieux style évitez la fadeur...
Vous n'aimez pas, monsieur...

DERVAL.

Grand Dieu! je vous adore;
Calmez, par vos bontés, le feu qui me dévore.

JULIE.

Quels mots il faut entendre!... Ah! j'en meurs de dépit...

DERVAL.

A toute heure, en tout lieu votre image me suit,
A l'amour que je sens je vous vois moins rebelle;
Avec vous à l'autel, d'une chaîne éternelle,
Vont se fermer les nœuds, et les ennuis passés
Par mon bonheur présent se trouvent effacés...

JULIE.

D'une épopée antique il me fait l'héroïne.
Ce qu'il va débiter d'avance on le devine :
Ce sont des tours connus et tout exprès choisis
Pour peindre les tourmens des classiques esprits.

DERVAL.

Voilà donc le motif qui vous rend si sauvage?
Si mon amour est vrai qu'importe mon langage?
Cet accent part du cœur ; ne le repoussez pas,
Et souffrez qu'à jamais je m'attache à vos pas.

JULIE.

Vos déclarations me trouvent insensible,
Vous avez contre vous un obstacle invincible,
Ma mère vous l'a dit...

DERVAL.

        Je connais mon rival,
Mais je puis surmonter cet obstacle fatal ;
Ce qu'on peut vous offrir, je vous l'offre de même.

JULIE.

Ne vous abusez pas : je vous crains... et je l'aime!

DERVAL, *à part.*

Ce trait fait dans mon âme entrer une fureur
Dont je ne suis pas maître... Ou je suis dans l'erreur
Ou d'un funeste hymen les torches seront teintes
Des plus sombres couleurs..(*Haut.*) Vous méprisez mes plaintes:
Ce mépris dans mon cœur enfonce le poignard,
Je veux l'en retirer, et vous saurez plus tard
Ce que peut et l'amour et l'orgueil d'un classique...
Ce n'est plus avec vous qu'il faut que je m'explique...

JULIE.

Que dites-vous? grand Dieu!

DERVAL.

        Je ne vous dis plus rien...

JULIE.

Achevez... (*A part.*) O douleur! je le comprends trop bien !
C'est Oscar qu'il menace... Avertissons ma mère...

                            (*Elle sort.*)

SCÈNE III.

DERVAL, *seul.*

Je suivrai ce dessein... surtout il faut le taire !

SCÈNE IV.

DERVAL, DORFEUIL.

DORFEUIL.

Vous avez vu ma fille ? Eh bien ! quand serez-vous
Au gré de mes souhaits , mon gendre et son époux ?

DERVAL.

Le temps n'est pas fixé...

DORFEUIL.

    Votre haute éloquence
N'a pas de sa fierté vaincu la résistance ?
Elle a du goût, du tact...

DERVAL.

    J'ai trouvé, Dieu merci,
Mon rival, à demeure, en son cœur établi.

DORFEUIL.

Que m'apprenez-vous là ?

DERVAL.

    C'est la vérité nue.
Vous en voyez mon âme encore toute émue.

DORFEUIL.

Mais s'il en est ainsi je vais contremander
Les invitations qu'on me fit accorder.

DERVAL.

Non , il faut qu'à présent l'affaire se décide.

DORFEUIL.

Mais tout est décidé; c'est l'honneur qui me guide :
J'ai promis, je tiendrai... consignons ces gens-là;
Rien que de les attendre est fatigant déjà.
A ma femme j'avais cédé par lassitude,
Espérant, que d'ailleurs, par ma sollicitude,

Par cette bonté jointe à la sévérité
J'obtiendrais que l'on mît le galant de côté.
Ces amours n'avaient pas , selon moi, de racine,
J'en croyais voir la fin tout près de l'origine ;
En ne brusquant pas trop je croyais faire mieux
Qu'en me montant toujours sur le ton sérieux ;
Vous-même vous pensiez que ce n'était qu'un songe,
Mais un peu par trop loin je vois qu'il se prolonge.
Il est temps, il est temps de rompre ce complot,
Pour tout faire cesser je n'ai qu'à dire un mot...
Jérôme...

SCÈNE V.

Les mêmes ; JÉROME

JÉROME, *accourant.*

Monsieur...

DERVAL, *à Jérôme.*

Rien... retourne à ton ouvrage.

(*A Dorfeuil.*)
La rigueur ne ferait qu'engager davantage
Dans la route qu'on suit... et l'on dirait de moi
Que je n'ai pas pu voir l'ennemi de sang-froid.
Laissez cet imprudent se lancer dans l'arène :
De sa présomption il portera la peine...

DORFEUIL.

Je compte bien, morbleu ! que ses vers sont mauvais...
Mais quand ils seraient bons... que fait à nos projets
Cette lecture ?... rien...

DERVAL.

Raison de plus, sans doute,
Pour que, sans balancer, dans ces lieux on l'écoute.

DORFEUIL.

Je me fais violence...

DERVAL.

Et moi plus que vous !

DORFEUIL.

Soit...
J'y consens... mais pourtant je veux qu'on marche droit ;
Car si nos dames font quelque folle sortie,
Je vous le dis tout net, je romprai la partie.

DERVAL.

Je sors...

DORFEUIL.

Quelle raison?

DERVAL.

J'ai mes apprêts aussi ;
Mais croyez qu'à propos vous me verrez ici.

(*Il sort.*)

SCÈNE VI.

DORFEUIL.

Quel métier que celui de père de famille !
Quel métier que d'avoir à marier sa fille !
Et quand on en a deux, trois, quatre ; quel tourment !
Quand chacune surtout veut filer son roman...
Mais j'aperçois la fleur de notre compagnie,
Bel esprit féminin, pilier d'académie,
Qui, bravant les lazzis des railleurs de nos jours,
Met sa prose à l'enchère et ses vers au concours.

SCÈNE VII.

DORFEUIL, Mme. DE SAINT-GEORGES, Mme. DORFEUIL, JULIE.

DORFEUIL.

Serviteur...

Mme. DORFEUIL, *à Mme. de Saint-Georges.*

Parmi nous soyez la bienvenue.

Mme. DE SAINT-GEORGES.

Vous voyez une femme en tous lieux attendue ;
Les cartes, les billets toujours pleuvent chez moi,
Et ma célébrité va jusqu'au jeu du roi.

Mme. DORFEUIL.

Nous le savons !

Mme. DE SAINT-GEORGES.

J'ai beau multiplier mon être :
Il faut se résigner, partout je ne puis être ;

Mais je serai chez vous tant que vous le voudrez ,
Et je viendrai toujours quand vous l'exigerez.
J'ai du penchant pour vous , j'en ai pour votre fille :
Dans nos cercles déjà savez-vous qu'elle brille ?

DORFEUIL.

Elle y brille, je crois, par sa simplicité...

Mᵐᵉ. DE SAINT-GEORGES.

Oui, c'était l'ornement jadis de la beauté ,
Et la candeur était un titre comme un autre,
Dans le siècle passé; mais ce n'est plus le nôtre.
Nous sortons de la ligue, et par ces cours savans
Où la mère s'abonne et conduit ses enfans ,
Une jeune personne apprend, par analyse,
Par quel mode d'abord il faut que l'on s'instruise ;
Puis, quand elle a le fil du système en faveur ,
Quand elle a bien saisi l'art de son professeur,
A travers les leçons alors elle s'élance,
Et des bancs de l'école obtient la présidence.
C'est un honneur insigne et qui fait palpiter
Tout les cœurs... A ces cours il faudrait assister !
Votre fille a passé par cette filière
Et ce n'est pas non plus un sujet ordinaire !
Elle a lu des morceaux en petit comité,
Mais un conte surtout, qu'on m'a beaucoup vanté.

Mᵐᵉ. DORFEUIL, *à* Mᵐᵉ. *de Saint-Georges.*

Plus bas !..

JULIE, *à la même.*

Qu'avez-vous dit ?

DORFEUIL.

Quoi ! ma fille s'abuse
Jusqu'à prendre le ton inspiré d'une muse ?

Mᵐᵉ. DORFEUIL.

On ne dit pas cela...

DORFEUIL.

J'ai fort bien entendu.

Mᵐᵉ. DE SAINT-GEORGES.

Et pourquoi le nier ? est-ce un fruit défendu !
Les femmes selon vous jamais ne doivent-elles
Briguer l'honneur d'atteindre aux palmes immortelles !

DORFEUIL.

Ce n'est pas le moment de généraliser...
Mais ma fille... comment... aurait pu s'aviser
D'entrer dans une lice où je ne vois que honte ;
Car c'est là justement la morale du conte
Que l'on dit qu'elle a fait... et sa mère a souffert
Le scandale qui vient de m'être découvert ?
Comme une pythonisse on m'apprend que Julie
Monte sur le trépied... O comble de folie !

Mme. DE SAINT GEORGES.

La folie est pour vous...

· Mme. DORFEUIL.

Il ne faut pas l'aigrir ;

DORFEUIL.

C'est un point important que je veux éclaircir.

Mme. DORFEUIL.

Vous serez satisfait.

DORFEUIL.

Ah ! mon humeur est grande.

Mme. DE SAINT GEORGES.

A vous endoctriner faut-il que je descende ?
Tous les postes par vous seront-ils occupés ?
Seuls au feu du génie êtes-vous donc trempés ?
Dans les genres divers , dans les différens âges ,
Le sexe n'a-t-il pas brillé par ses ouvrages ?
A-t-on plus de finesse ou plus de dignité ?
Du concours, pourquoi donc serait-il rejeté ?
Et même de nos jours qu'on me cite un exemple
Qu'à des femmes la gloire ait fait fermer son temple.

DORFEUIL.

Oh ! je ne cite rien... je m'avoûrai battu...
Je vous sais du talent autant que de vertu...
Je me borne à ma fille ; et c'est une querelle
Que je me garderai qu'ici l'on renouvelle ;
Mais chez moi désormais je veux me défier
Qu'à faire prose ou vers on use du papier...
Vous entendez...

JULIE.

Très-bien !..

DORFEUIL.

Ayez obéissance !
Or maintenant sonnons, pour ouvrir la séance.

(*Il sonne en effet avec une petite sonnette placée sur une table qui est sous la tente. Chacun se place, les uns d'un côté, les autres de l'autre, selon son parti.*)

SCÈNE VIII.

Les mêmes, DERVAL, OSCAR, Amis et Amies de Dorfeuil et de sa Femme.

(*On se salue en arrivant, en s'abordant et en s'asseyant. Derval arrive à droite, Oscar à gauche. Derval se met près de Dorfeuil, Oscar va offrir une fleur à madame Dorfeuil; et puis il se place sur le siége devant la table.*)

DORFEUIL.

Placez-vous. Que chacun se fasse les honneurs...
On ne fait de façons que chez les grands seigneurs;
Chez moi, dans mon jardin, point de cérémonie.

Mᵐᵉ. DE SAINT-GEORGES.

C'est un combat de vers, comme aux jours d'Olympie;

Mᵐᵉ DORFEUIL.

Nous allons assister aux jeux des troubadours,
Où pour plaire à sa dame on chantait ses amours.

OSCAR.

Non, rien de tout cela. J'ai cherché dans l'histoire
Un trait qui fût saillant, et digne de mémoire :
Sur ce trait aussitôt mon esprit s'est tendu,
Et vous allez entendre un poëme impromptu :

Mᵐᵉ. DORFEUIL.

Quelle facilité ! que cette promptitude
Vaut mieux, à mon avis, que la pesante étude
Qui se sent dans les vers rimés avec effort.

Mᵐᵉ. DE SAINT-GEORGES.

Votre méthode est large, et le sublime sort
De chaque mot jeté pour briller à sa place.
C'est un feu rayonnant qui fait fondre la glace,

JULIE.

Un filtre qui pénétre et qui va jusqu'au cœur,

DORFEUIL.

D'avance il ne faut pas proclamer le vainqueur.
Commencez...

Mᵐᵉ. DE SAINT GEORGES.

Écoutons...

OSCAR, *son cahier à la main :*

Le titre vous révèle,
Le sujet et le ton de la pièce nouvelle :
Bataille de Crécy !.. C'est vous le savez tous,
Une époque où l'Anglais nous fit porter les coups.

DERVAL.

Vous chantez les Anglais ?

OSCAR.

Pourquoi pas, je vous prie ?

DERVAL.

Et vous renouvelez le deuil de la patrie ?

OSCAR.

C'est un fait dramatique et qui prête à l'effet.
Si ce sont de bons vers, que vous fait le sujet ?
Je ne me pique point d'un vain patriotisme,
Ce préjugé gothique est un pur égoïsme.
Le sort est contre nous ? Tant pis ! et s'il est pour,
Tant mieux. C'est un échange et chacun a son tour.

DERVAL.

Je ne chante jamais que l'honneur de la France.

OSCAR.

Votre mode et la mienne ont cette différence.

DERVAL.

C'est traiter la matière un peu légèrement.

OSCAR.

Hors de propos, faut-il faire du sentiment ?
Sommes-nous rassemblés par la diplomatie ?
Est-ce un congrès...

DERVAL, *d'un ton amer.*

Non pas, c'est de la comédie.

DORFEUIL, *à Derval.*

Ne vous échauffez pas.

Mᵐᵉ. DORFEUIL, *à Oscar.*

Ayez de la raison.

OSCAR.

Des annales du temps j'ai suivi la leçon.
Je peins les accidens qui sont dans la nature..

DERVAL.

La nature est plus sage et c'est lui faire injure.
L'esprit humain ne tend qu'à faire des progrès,
Et c'est à reculer que tendent vos essais.
Vous voulez, en fouillant aux douteuses chroniques,
Recoudre les lambeaux des misères publiques ;
Et vous ne semblez voir dans un siècle passé
Que ce dont notre orgueil à bon droit est blessé.

OSCAR.

Où brille la valeur je plante ma bannière ;
Au-devant de mes pas s'agrandit la carrière.
J'ai franchi les jalons d'un cercle rétréci.
Assez d'autres verront le monde en raccourci.
La liberté me plaît...

DERVAL.

Dites donc la licence.

OSCAR.

Je ne m'arrête point aux frontières de France ;
Et dans ma politique, ainsi que dans mes vers,
Si je suis citoyen, c'est de tout l'univers.

Mᵐᵉ. DE SAINT-GEORGES.

Parfait !..

DERVAL.

J'ai, grâce au ciel, un tout autre système ;
L'amour de mon pays est ma règle suprême.

DORFEUIL.

C'est la mienne...

OSCAR.

Chimère ! on en est revenu.

JULIE.

Quand le poëte enfin sera-t-il entendu.

Mme. DORFEUIL.

N'est-ce pas beaucoup trop s'arrêter sur le titre ?

Mme. DE SAINT-GEORGES.

Pour juger, écoutez quelques vers de l'Épître.

DORFEUIL.

Voyons.

OSCAR, *reprenant son cahier.*

Pour m'inspirer je me suis fait Anglais
Et j'ai, pour un moment, oublié le français.

DORFEUIL.

Heim ?

DERVAL.

Quand par les Normands l'Angleterre fut prise,
On parlait le français aux bords de la Tamise.

OSCAR.

C'est bien loin remonter...

DERVAL.

　　　　　　　En un temps plus voisin
Quand nos drapeaux flottaient aux vallons du Tésin,
Sur les bords du Danube, aux rives de la Sprée,
De nos Français vainqueurs la langue révérée
En tous lieux consacrait leur empire...

OSCAR.

　　　　　　　Fort bien!
Mais de tout ce beau règne il ne nous reste rien.
J'aime assez que chacun conserve son langage.
Pour les peuples divers je ne veux d'esclavage
Dans les mots, dans les mœurs, pas plus que dans les lois.
Je laisse au Mandarin l'idiome chinois ;
Le Huron doit chérir sa langue maternelle
Qui, sa hutte et ses bois, sans cesse lui rappelle.
Quelle prétention que de vouloir partout
Faire admettre son code et prévaloir son goût.
Quel est ce despotisme ? et ferons-nous la guerre
Le sabre d'une main, de l'autre la grammaire ?
Qui nous a dit à nous que ces tours épurés,
Que ces vers au cordeau par nos rimeurs tirés
Soient de la poésie, et méritent la place
Que Domergue ou Wailly leur assigne au Parnasse ?
Qu'est-ce que l'ordre exact de ces sons masculins
Qui se viennent croiser sur des tons féminins.

Quelle est cette consonne au milieu des voyelles
Qui doivent éviter de se heurter entr'elles?
N'est-il pas merveilleux que de tels réglemens
Chez des hommes sensés aient duré si long-temps?
J'en ai honte pour nous; et d'abord je secoue
Ces haillons déchirés qui traînent dans la boue.
J'ai brûlé ma syntaxe; et c'est de toutes parts
Que le prisme à la main je porte mes regards :
Tout s'émeut, tout s'anime et tout se décompose.
Voici venir le temps d'accomplir toute chose :
Le siècle est mûr ; le monde est pour nous attentif ;
Chaque peuple à nos chants mêle son chant natif.
L'un de nos voyageurs, qui revient de l'Afrique,
Du pieux marabout rapporte le cantique ;
L'autre, qui vient du pôle, enchante les échos
Des refrains qu'il emprunte aux chasseurs esquimaux ;
Parny nous a donné des chansons madécasses
Qui firent dans Paris faire assez de grimaces.
On disait qu'il avait rabaissé son talent
Pour avoir imité le rhythme nonchalant
Et le branle naïf des lointaines peuplades ;
Mais le temps a guéri ces beaux-esprits malades
Qui ne trouvaient de bon, qui ne voyaient de beau
Que ce qui n'avait point dépassé leur niveau.
La romance du Cid, que nous légua l'Espagne,
Le drame fantastique importé d'Allemagne,
Le sublime grotesque aux Anglais enlevé,
Aux quatre coins du globe un chef-d'œuvre trouvé
Et qu'un spéculateur a mis dans le commerce,
Ont fait du premier coup tomber à la renverse
Cette idole de plomb, cette argile aux pieds d'or
Que les vieux entêtés vont encenser encor,
Et qu'ils ont barbouillé de plâtre et de fumée.
Par nous, dans les beaux-arts, la France est réformée ;
Nous avons appelé les populations
Au banquet savoureux des méditations.
Nous méditons sur tout : sur la mort, sur la vie ;
Mais, afin d'échapper à la monotonie,
Nous varions toujours nos œuvres de façon
Qu'au sourd *de profundis* succède un mirliton.
Ce mélange produit dans les âmes sensibles
Des plaisirs imprévus, des transports indicibles,
Qui du charme des vers doublent la volupté,
Edont jamais sans nous on ne se fût douté !

Mme. DE SAINT-GEORGES.

A ces tableaux si frais qu'avez-vous à répondre?

DERVAL.

Si je voulais, d'un mot je pourrais le confondre;
Mais que dire à des gens qui, d'un ton libre et fier,
Reniraient aujourd'hui leurs prophètes d'hier;
Qui, rompant en visière avec toute morale.
Ont quitté la raison pour aller au scandale;
Qui vont accaparant les cafés, les journaux;
Tantôt se font ultras, et tantôt libéraux.

OSCAR.

Il faut suivre les mœurs.

DERVAL.

    Il faut mettre des digues
Aux empiétemens de ces folles intrigues
Qui, de tous les côtés semant le mauvais goût,
Corrompent la jeunesse et bouleversent tout.

OSCAR.

Les grands mots!

DERVAL.

    Ce sont là les bases éternelles.

OSCAR.

Nous volons dans le temps sur de rapides ailes.

DERVAL.

Vous volez? Vous rampez! En partant de si bas,
Jusqu'au sommet je crains que vous n'arriviez pas.

OSCAR.

La remarque, monsieur, passe la raillerie.

Mme. DE SAINT-GEORGES.

Voulez-vous empécher la lecture?

OSCAR, *à demi-voix à Derval.*

    Et l'envie
Jusque-là pousse-t'elle un esprit ulcéré
Qui poursuit à tout prix un amant préféré?

DERVAL, *à demi-voix à Oscar.*

Ce style et ces amours me déplaisent, sans doute.

DORFEUIL, *se levant.*

Avec étonnement, messieurs, je vous écoute;

Et quand c'était des vers qu'on devait réciter
Je ne m'attendais pas que l'on dût disputer
Avec cette chaleur.

DERVAL.

A présent tout se mêle :
L'ambition, les arts, l'intérêt ; et le zèle
Que l'on met au soutien de ses opinions
Embrouille le chaos de ces discussions.
D'une voix de Stentor chacun crie et s'élève ;
On ne distingue plus le maître de l'élève ;
Aux chances du débat le beau sexe prend part ;
Et je ne cèle point que c'est bien un hasard
Si du plus ignorant il n'embrasse la cause.
N'allons pas chercher loin la preuve de la chose...

OSCAR.

Arrêtez !

DORFEUIL.

Calmez-vous.

OSCAR.

Vous m'avez insulté !

DERVAL.

Je suis prêt à vous suivre, et d'un bras irrité
Je punirai l'amant ainsi que le poëte.

OSCAR.

Sortons...

(*Il sort avec Derval. Jérôme les suit.*)

SCÈNE IX.

DORFEUIL, Mme. DORFEUIL, Mme. DE SAINT-
GEORGES, JULIE, FANCHETTE, Classiques et
Romantiques.

JULIE.

Ah ! quelle image à mon âme inquiète
Se présente, grand Dieu !

Mme. DORFEUIL, *à son mari.*

Monsieur, suivez leurs pas.

Mme. DE SAINT-GEORGES.

Il faut se disputer ; mais on ne se bat pas.

SCÈNE X.

Les Mêmes, JÉROME.

JÉROME.

Ils ont tous deux passé par la petite porte.
Je suis homme contre eux à vous prêter main-forte.
A la Barrière-Blanche ils ont leur rendez-vous.

DORFEUIL.

Par le faux point d'honneur ils se rapprochent tous.

Mme. DORFEUIL.

Courez !.. séparez-les !.. Sur vous je me repose ;
Et réparez les maux dont vous êtes la cause.

FIN DE LA TROISIÈME PARTIE.

QUATRIÈME PARTIE.

(La scène est à Montmartre. — On voit le télégraphe dans le
fond. — Un moulin est sur le devant à gauche.— La maison
du meunier est au pied. — Une barrière et des palissades en-
tourent et occupent les deux tiers du théâtre.)

SCÈNE PREMIÈRE.

OSCAR, avec trois Romantiques, ses témoins.

OSCAR *une lettre à la main.*

Nous sommes à Montmartre, au pied du télégraphe ;
C'est par là que Derval, dans sa lettre autographe,
De notre rendez-vous a tracé le chemin.

UN TÉMOIN.

Pour faire sentinelle entrons dans ce moulin.

(*Il ouvre la barrière, et ils entrent tous les quatre dans l'enclos.*)

SCÈNE II.

Les Mêmes, LA MEUNIÈRE.

LA MEUNIÈRE, *sortant de sa maison.*

Quoi ! sans permission vous en ouvrez la porte.
Il n'est pas trop poli d'en agir de la sorte.
Ah ! si maître Guillaume était là... mon mari...
Il vous forcerait bien à décamper d'ici...
Et je cours le chercher...

(*Elle ferme la porte de sa maison et sort.*)

SCÈNE III.

OSCAR ET SES TÉMOINS.

OSCAR.

A qui donc en veut-elle ?
Mais nous aurons bientôt vidé notre querelle,
Et, quand maître Guillaume ici sera venu,
Tout sera terminé...

LE TÉMOIN.

Et comment l'entends-tu ?

OSCAR.

Comme tu le voudras.

LE TÉMOIN.

Quelle idée est la tienne ?

OSCAR.

Sans cesse de la mort il faut qu'on s'entretienne ;
Le sage nous l'a dit, et c'était le refrain
Qu'Horace répétait au milieu du festin.

LE TÉMOIN.

Chasse le souvenir de l'affranchi d'Auguste ;
Songe à ce que tu fais, et pense à tirer juste.

OSCAR.

Si je meurs...

LE TÉMOIN.

Encor...

OSCAR.

Si... c'est un doute du moins.

LE TÉMOIN.

Si tu meurs, nous verrons à prendre d'autres soins.

OSCAR.

Écoute-moi... Je sais ce que vous saurez faire
Pour mener dignement la pompe funéraire ;
Sur ma tombe à vos pleurs je laisse un libre cours,
Et même je permets qu'on me fasse un discours ;
Mais de votre amitié je réclame une chose.

LE TÉMOIN.

De tes pressentimens quelle serait la cause ?

OSCAR.

Vous avez pu voir tous que, depuis quelque temps,
Les gens d'esprit ainsi que les plus sottes gens
Pour se faire enterrer vont au Père-Lachaise.
Jeune ou vieux, quand on meurt, c'est là qu'on est bien aise
D'avoir un monument en beau marbre sculpté, .
Et qu'on se recommande à la postérité
Par le style ampoulé d'une longue épitaphe,
Que sans distinction aux tombeaux on agrafe.
Je ne voudrais pas être en ce lieu confondu ;
Un poste moins banal à ma dépouille est dû :
Pour être séparé tout-à-fait du vulgaire,
Je désire qu'enfin l'on me porte au Calvaire.
Du pied de ce moulin on en voit les cyprés.
Tous les morts comme il faut s'y rendent désormais ;
Et c'est là que j'élis mon dernier domicile.
Vous m'avez entendu... me voilà plus tranquille ;
Nous voulons, mes amis, le cœur est ainsi fait,
Quand nous ne sommes plus, savoir où l'on nous met :
Bien certain de la mort, mais incertain de l'heure,
Chacun veut se bâtir son étroite demeure ;
Le berger s'y complaît aussi bien que les rois,
Et c'est un passe-temps que j'ai pris mille fois.
Je creusais mon caveau, j'élevais des colonnes,
Et m'imaginais voir vos dolentes personnes
Qui venaient quelquefois s'asseoir sur le gazon
Que j'avais fait semer prés de mon panthéon.
Mon cœur se nourrissait de ces sortes d'images ;
Autant que je le pus j'en remplis mes ouvrages :
Et c'est à ce moyen, pris dans la passion,
Que je dois d'être lu par prédilection.
Pour les femmes, surtout, j'ai fait des élégies,
Qu'il faudra publier sous le nom d'harmonies ;
Et qui feront, je crois, répandre plus de pleurs
Que l'Aurore jamais n'en versa sur les fleurs.
J'y raconte en détail les jours de mon enfance ;
Je ne néglige pas la moindre circonstance ;
Je dépeins ma nourrice auprés de mon berceau ;
Puis le premier bain pris au courant du ruisseau :
Et puis la villageoise innocente et timide
Qui de mes premiers feux reçut l'aveu rapide ;

Puis le premier voyage au milieu de Paris ;
Puis ma première faute et mes premiers ennuis.
Bien souvent j'attendais que la nuit fût venue
Pour aller seul, sans but, m'égarer dans la rue ;
Et, bien enveloppé de mon épais manteau,
Tantôt de l'avenir soulevant le rideau,
Et tantôt du passé rappelant les fantômes,
De nos temples noircis escaladant les dômes,
J'allais voir, de plaisir et d'amour haletant,
La lune se jouer sous sa voûte d'argent.
Au milieu du ciel fixe, à travers les planètes
Je savais d'un coup d'œil signaler les comètes,
Et dans l'orbe douteux de ces astres errans
Je croyais retrouver l'âme de mes parens.
La mort n'est, après tout, qu'une forme nouvelle
De la vie, et, sans doute, on découvre par elle
Des secrets merveilleux que je veux pénétrer ;
Dans ces secrets trop tôt je ne saurais entrer :
Ne me détournez pas de cette auguste voie.
Du péril que je cours j'éprouve de la joie...
Si j'en dois revenir, c'est une émotion
Dont mes stances rendront la vive expression :
Il faut passer partout avec la poésie ;
Et jusques aux tourmens d'une lente agonie
Retracés dans nos vers semblent délicieux !...
Mais... là bas... c'est Derval qui paraît à mes yeux,
Sa vue a dans mon sein ranimé la colère.

SCÈNE IV.

LES MÊMES, DERVAL ET SES TROIS TÉMOINS.

DERVAL.

Salut !

OSCAR.

Salut ! monsieur.

LE TEMOIN.

Arrangeons cette affaire ;
Il suffit pour cela d'une explication...

OSCAR.

J'ai bien pris là-dessus ma résolution :
Insulté... je ne puis pardonner cet outrage.

DERVAL.

Je ne suis pas d'humeur à céder davantage :
Nous sommes trop avant, messieurs, pour reculer.

OSCAR, *au témoin, bas.*

Un moment, en secret, je voudrais vous parler :
Demain , si je succombe, ouvrez mon secrétaire,
Et faites parvenir mon portrait à ma mère.

DERVAL, *à ses témoins.*

Comptez les pas...

UN TÉMOIN.

Combien ?

DERVAL.

Dix!... Vous, chargez les armes.

OSCAR, *à part.*

C'est pour vous, ô Julie! et j'y trouve des charmes!
(*A ses amis.*)
Cette affaire, à Paris, devra faire du bruit....
Que l'école nouvelle y trouve son profit...
Faites que les journaux en parlent en bons termes.

UN TÉMOIN.

Cher ami....

AUTRE TÉMOIN, *lui serrant la main.*

Cher Oscar...

OSCAR.

Comme nous , soyez fermes.

DERVAL.

Qui tire le premier ?

OSCAR.

Nous tirons à la fois.

DERVAL.

Au quatrième coup...

OSCAR.

Partez donc....

(*Oscar et Derval se mettent à la distance convenue. Les témoins
chargent les pistolets, les remettent aux combattans, et s'éloi-
gnent un peu.*)

UN TÉMOIN, *frappant dans ses mains.*

Un... deux... trois...

SCÈNE V.

Les Mêmes, DORFEUIL, LE MEUNIER, LA MEU-
NIÈRE.

DORFEUIL

Messieurs...

LE MEUNIER.

Messieurs...

LA MEUNIÈRE.

O ciel!

DORFEUIL, *à Oscar.*

Au printemps de la vie
L'âme de tant de fiel peut-elle être nourrie?

LE MEUNIER.

Pour une telle noce on s'est levé matin...
Et pour une guinguette a-t-on pris mon moulin?

DORFEUIL.

Quel est contre nos lois l'esprit qui vous inspire?
Avez-vous trop de sang pour que l'on vous en tire?
Est-ce quelque régime où, pour votre santé,
Il soit bon qu'ait recours ici la faculté?

LA MEUNIÈRE.

(*A Derval.*)   (*A Oscar.*)
N'avez-vous point de femme... et vous point de maîtresse?...
N'avez-vous à personne inspiré de tendresse?
Vos mères dans leurs flancs vous ont-elles portés
Pour vous livrer tous deux à ces atrocités?

LE MEUNIER.

Ce qui les rend mutins c'est la fainéantise;
Qui travaille est sauvé de pareille sottise;
Et qu'ils aient de mouture un bon sac sur le dos,
Ça leur mettra, morgué! l'esprit plus en repos.

DORFEUIL, *à Derval.*

Que servent les leçons de la philosophie?
Est-ce par là qu'on entre à notre Académie?

DERVAL.

Mais nous sommes du monde, et nous suivons le cours
De ces lois de l'honneur qui régissent nos jours.

DORFEUIL, *à Oscar.*

Et vous, à qui nos mœurs paraissent insipides,
Qui nous avez traités si souvent de stupides,
Vous ne conservez donc de tous nos préjugés
Que ceux par qui vos bras sont dans le sang plongés?
Et, quand de nos erreurs votre âme se délie
De la société vous n'aimez que la lie !

OSCAR.

De la nature ainsi nous suivons les desseins,
Puisque nous nous faisons justice par nos mains.

DORFEUIL.

Le désir qui vous presse est d'épouser ma fille?

DERVAL.

Nous ne pouvons tous deux être de la famille.

OSCAR.

Et vous voyez donc bien qu'il faut que l'un des deux
Ou le plus maladroit, ou le moins amoureux
Céde la place à l'autre.

DERVAL.

Impossible...

OSCAR.

Impossible...
La raison du combat par là devient visible.

DORFEUIL.

Elle a su me convaicre... or, écoutez moins bien :
Recommencez l'attaque et qu'il n'y manque rien.
Sans quartier qu'on se batte et qu'on ne se sépare
Que l'un des deux à terre. Après je vous déclare
Qu'assistant pour ma fille à ce noble combat,
Je la garde pour prix d'un bon assassinat.
Ah! vous voulez du sang !... il faut qu'on en répande:
Et quand le survivant me fera la demande
Du paiement que je fais serment de lui donner,
Quand chez moi, tout poudreux, il viendra se traîner,
Nous joindrons, inspirés par le dieu des batailles,
Les chants de l'hyménée à ceux des funérailles.

Recommencez, vous dis-je, et repaissez mes yeux
Du spectacle attrayant d'un champ-clos furieux.
Pour appui, ce moulin nous prêtera ses ailes,
Et vous n'eûtes jamais de témoins plus fidèles...

LE MEUNIER.

Il se moque de vous, mais il a bien raison,
Car il n'en peut avoir plus belle occasion...

DORFEUIL.

Pour juges vous aurez moi, Guillaume et sa femme.

(*Il se range près de la barrière avec le meunier et sa femme.*)

OSCAR, *remettant son pistolet au témoin.*

Il faut les accepter pour juges, sur mon âme.
A cette fiction prêtons-nous un moment,
Nous nous retrouverons plus tard facilement.
Ce vieillard obstiné nous poursuit de sa verve;
Servons le comme il veut à présent qu'on le serve :
Place-toi là, meunier, dis-nous qui de nous deux
Te paraît mériter d'être le plus heureux....
En consultant ainsi l'enfant de la nature,
C'est prendre, à mon avis, la route la plus sûre
Pour sortir d'embarras... Point d'observation,
Et ne déclinez pas sa juridiction.
Je peux m'autoriser d'un trait que l'on nous vante :
Molière sur ses vers consultait sa servante.
Guillaume a du bon sens, qui saura le toucher
Du but où nous visons pourrait bien approcher.
Puisqu'on veut follement finir la promenade,
Ne vous opposez point à cette mascarade.

DERVAL, *remet son arme aux témoins.*

Si, comme je le crois, cela ne sert à rien,
Cela ne saurait nuire, et l'on peut toujours bien,
Si l'on n'est pas content de cet aréopage,
Revenir au moyen dont on suspend l'usage.

LE MEUNIER.

Et moi, pour complément, je veux que mes garçons
En grand costume ici nous servent d'échansons.
Allons, femme, et vous tous marchez à la baguette;
Otez ce vilain meuble, et qu'au diable on le jette.

(*Il ôte les pistolets de dessus la table. Les garçons meuniers apportent des bouteilles, des verres, des bancs.*)

SCÈNE VI.

Les Mêmes, GARÇONS MEUNIERS.

LE MEUNIER.

Proscrivons de chez nous ces instrumens de deuil…
       (*On apporte des fruits , etc.*)
Le fromage de brie!… et pêches de Montreuil…
Tout meunier que je suis, j'ai de vieilles futailles
Qu'on boit à la santé du fisc hors des murailles.
       (*On s'assied. Le meunier verse à boire.*)
A vous… Point de rancune… et trinquons de tout cœur…

OSCAR, *à Dorfeuil.*

Il est le président… Vous l'interrogateur…

LE MEUNIER.

Mais peut-être il est bon qu'en somme l'on m'explique,
Ce qu'il faut qu'à juger entre vous je m'applique.

OSCAR.

Sais-tu lire ?

LE MEUNIER.

   Non…

OSCAR.

Non ?… Pour écrire ?

LE MEUNIER.

       Pas plus…
De mon temps on n'était pas très-fort là-dessus;
Mais j'ai mon conseiller, c'est madame Guillaume
Du bédeau de Montmartre elle est le second tome ;
Elle lit couramment et de même elle écrit :
Mon registre est tenu par elle, et son esprit
Est fin comme la fleur de ma blanche farine.
Toute fine qu'elle est, elle fait ma cuisine,
Veille au grain, veille à tout, et vaut mille fois mieux
Que ces femmes de bien que j'ai vu de mes yeux,
Qui portent de beaux noms, font de grandes toilettes
Et n'apportent en dot au mari que des dettes ;
Qui passent tous les soirs en conversations ;
Qui se mêlent aussi de compositions,
Reçoivent des docteurs en plus d'une science,
A toute heure, en tout lieu leur accordent séance;

Disputent avec eux sur des o, sur des i ;
Font leur soin principal de s'occuper ainsi,
Ne mettent point le nez dans le train du ménage ;
Ignorent comme on fait consommer un potage.
Se lèvent à midi, quand déjà leurs enfans
Avec tous les voisins ont fait les insolens,
Rougiraient de compter avec leurs domestiques,
Et pour tous les fripons sont de bonnes pratiques.

LA MEUNIÈRE.

Ne l'écoutez pas trop, et dites seulement
Sur quel objet il faut porter un jugement.

OSCAR.

Paris est combattu par deux langues rivales,
Qui, depuis quelque temps, ont des chances égales.

DERVAL.

L'ancienne encor l'emporte.

OSCAR.

       Et la nouvelle aussi.

LE MEUNIER.

C'est là le grand sujet qui vous met en souci ?

OSCAR.

Sans doute.

LE MEUNIER.

    Et l'on se bat pour ces billevesées ?

DORFEUIL.

Que ces choses par vous soient mûrement pesées.

OSCAR.

Chaque langue a son monde et ses chauds partisans.

LE MEUNIER.

Cela ne descend pas jusqu'à nos artisans.
Ils parlent tous encor comme parlaient leurs pères,
Et pourtant ils n'en font pas moins bien leurs affaires.

DERVAL.

C'est assez bon pour eux, mais dans un rang plus haut
Le langage commun passe pour un défaut.

OSCAR.

C'est la difficulté que l'on vient te soumettre,
Et tu ne prendras pas ce qu'il dit à la lettre.

LE MEUNIER.

Enfin qu'exprimez-vous par ce double jargon
Qui doit se concentrer chez les gens du bon ton?
Qui n'est pas pour le peuple, et dont il n'a que faire?

DORFEUIL.

C'est là que nous allons entrer dans la matière :
Je vas interroger devant toi ces messieurs.
Dis-nous les argumens qui te semblent meilleurs..

(*A Derval.*)

D'abord quels sont vos dieux?

DERVAL.

Tous les dieux d'Hésiode.

LE MEUNIER.

Disputer là-dessus ce n'est pas ma méthode :
Laissons le ciel en paix.

DORFEUIL.

C'est ici sans danger.
Ce sont des dieux pour rire, et que l'on peut changer,
Sans compromettre en rien le repos de son âme.

LE MEUNIER.

Faut-il aller plus loin? qu'en penses-tu ma femme?

LA MEUNIÈRE.

Va toujours... ces messieurs disent que c'est un jeu ;
Peut-être qu'à la fin nous entendrons un peu.

DERVAL.

Je crois à Jupiter, qui va lançant la foudre,
Et frappe les méchans pour les réduire en poudre.

LE MEUNIER.

Il n'a pas tout détruit !

DERVAL.

Je crois au dieu des arts!
O Phébus, sur mon front jette un de tes regards!

LE MEUNIER, *à sa femme.*

Ça paraît fort bien dit ; par la voix et le geste
Celui-là met en goût de connaître le reste.

DERVAL.

Je crois au dieu Bacchus.

LE MEUNIER.

Ah ! c'est le dieu du vin :
On connaît ce dieu-là sans savoir le latin.

LA MEUNIÈRE.

Si l'on me consultait, ce dieu que je méprise
Verrait fondre sa châsse et fermer son église.

LE MEUNIER.

Continuez, monsieur, et ne l'écoutez pas.

DERVAL.

J'adore de Vénus et les divins appas,
Et le tendre sourire, et la grâce touchante.

LE MEUNIER.

Il n'est pas dégoûté !

LA MEUNIÈRE.

D'une femme galante
Devant d'honnêtes gens est-ce qu'on vient parler ?

LE MEUNIER, *à Derval.*

Elle est un peu jalouse...

DERVAL.

Il faut vous consoler.
A la beauté, Vénus, est le nom que l'on donne,
Et ce nom-là jamais n'a fait peur à personne.
Tout cela, vous savez, n'est qu'une fiction ;
Et c'est un monde en l'air qu'on met en action.
L'Olympe est le séjour où cette cour réside ;
Minerve, la sagesse, à nos conseils préside

LE MEUNIER.

Tant mieux !

DERVAL.

Mars, en courroux, ravage les moissons.

LE MEUNIER.

Tant pis !

DERVAL.

Vulcain commande à ses noirs forgerons
La lance du soldat, le soc de la charrue.

LE MEUNIER.

Peste ! l'adroit compère !

DERVAL.

Et Psyché demi-nue,
Une lampe à la main, attend le dieu d'amour
Qui la quitte et s'envole aux premiers feux du jour.

LE MEUNIER.

Pas trop mal deviné ! c'est la bonne morale,
Où l'on prend du plaisir sans causer du scandale.

LA MEUNIÈRE.

Tout ce que tu voudras, mais, Guillaume, à mon sens
Aucun de ces dieux-là n'a droit à notre encens.

OSCAR.

Puissamment raisonné !

DERVAL.

Tais-toi, sexe frivole ;
Car l'Autan déchaîné sort des antres d'Éole ;
Son souffle bat les mers ; il soulève les flots
Et des marins tremblans disperse les vaisseaux.
Le voilà qui s'agite au-dessus de ma tête.
Pour demain je prédis une sombre tempête
De qui les tourbillons doivent tout emporter.

LE MEUNIER.

Hé !.. de cet avis-là je saurai profiter.
C'est donc Éole enfin qui fait tourner ma meule ;
J'avais cru jusqu'ici qu'elle allait toute seule,
Et qu'aucun dieu malin ne s'enquérait jamais
De savoir sur quel point mon moulin je tournais.
Mais de ce beau discours je vois la conséquence.
J'avais eu pour vos dieux trop peu de révérence ;
Et, s'ils ont tant d'empire encor sur les mortels,
Je veux aller brûler un cierge à leurs autels.

OSCAR.

Va, ces dieux sont usés.

DORFEUIL.

Voyons quels sont les vôtres?

LE MEUNIER.

J'aime assez les premiers.

LA MEUNIÈRE.

> Et moi, j'attends les autres.

OSCAR.

Votre Olympe est tombé sous le joug musulman.
Pour fidèle allié nous avons le sultan,
Qui, dans nos intérêts, déléguant un eunuque,
De votre blond Phébus a coupé la perruque.
Le Grec même, en fondant sa jeune liberté,
N'a qu'un faible recours vers son antiquité ;
Le Grec a déserté le temple des Piérides,
Il a fait déguerpir vos chères Euménides.
Les morts voient que Cerbère a cessé d'aboyer ;
Ils refusent l'impôt du pauvre nautonier ;
Et tous vos immortels, malgré leur bouffissure,
Ne peuvent échapper à la déconfiture.

DORFEUIL.

Voyez comme l'impie a parlé de nos dieux !

OSCAR.

Mais nos Bardes vivans ont repeuplé les cieux ;
Ils chantent, et leurs voix trop long-temps étouffées
Ont changé la nature en un palais de fées.
La bergère s'enfuit devant les feux follets ;
Le loup-garou se mêle avec les farfadets ;
Les bois ont leurs démons, leurs devins, leurs sorcières,
Qui sur les guéridons font pâlir nos lumières.
La tour du nord, ouverte à tous les revenans,
Fait naître le remords au cœur des mécréans.
Paix ! n'est-ce pas le cri d'une femme ? elle expire :
Et son sang a servi de pâture au vampire.
Si l'Océan mugit, et sur le bâtiment
Si le vent tourbillonne en un long sifflement,
De Saint-Elme un pilote apercevant la flamme
A promis de vouer ses jours à Notre-Dame ;
Et quand, par le secours de la mère du ciel,
De la terre natale il savoure le miel,
On le voit, les pieds nus, à la chapelle sainte
Déposer la prière arrachée à la crainte.

LA MEUNIÈRE.

C'est pourtant vrai cela.

LE MEUNIER.

> Ce sont les faux semblans
Avec l'aide desquels on fait peur aux enfans.

LA MEUNIÈRE.

Tout pendant qu'il parlait j'étais sur de la braise,
Et quoique j'eusse peur j'étais pourtant bien-aise.

OSCAR.

C'est là le vrai mérite et c'est par là qu'on sent
Qu'on a trouvé du cœur et la clef et l'accent.
On ne peut de notre art nous enlever la gloire.
Pour peindre le héros nous prenons son histoire
Dès le début, et puis nous le voyons grandir :
Page, auprès de sa dame on le verra servir ;
Ménestrel, il émeut aux doux sons de sa harpe ;
Chevalier, on lui ceint et l'épée et l'écharpe ;
Il va dans les tournois pousser les assaillans,
Il va dans les forêts pourfendre les géans,
Et, sur son palefroi cherchant les aventures,
Il meurt servant d'exemple à nos races futures.
C'est un poëme entier que nous voulons offrir
Au public enchanté qui nous vient applaudir.

DERVAL.

Par un nœud mieux tissu nous serrons nos ouvrages
Dans l'histoire des rois nous choisissons les pages,
Par le côté moral montrant les passions ;
Par des contrastes vifs, des oppositions,
Nous tenons à nos traits l'assemblée attentive ;
Et quand, par un détour, le dénoûment arrive,
Nous laissons le parterre en la sombre stupeur
Qui de notre talent marque la profondeur.

DORFEUIL.

C'est à nous, c'est à nous que reste la victoire.

OSCAR.

C'est à moi qu'elle est due…

LA MEUNIÈRE.

                         Autant que je puis croire,
Guillaume entre vous tous a peine à prononcer.

DORFEUIL.

Quel est ton jugement ?

LE MEUNIER.

                         Je ne sais que penser.
Pourquoi m'interpeller sur matière pareille ?

Monsieur a bien parlé ; monsieur a fait merveille.
Je reste comme un âne entre deux picotins,
Et je le donnerais en mille à de plus fins.

OSCAR.

Ce qu'il dit là, messieurs , est un trait de lumière :
Il est plus qu'il ne pense instruit sur la matière.
Mon esprit est frappé de l'indécision
Où Guillaume est jeté par la discussion...
Suspendez votre arrêt... Retardez la sentence...
Votre fille est le but où notre cœur s'élance
Et j'y veux arriver enfin par votre choix.
Je vous ajourne tous à la fin de ce mois...
Un mois peut me suffire... O l'excellente idée !..
La remise par vous me doit être accordée.

DERVAL.

Mais , monsieur !

OSCAR, *à Derval.*

J'ai mes droits , monsieur, point de propos.

(*A Dorfeuil.*)

Il y va de ma vie et de votre repos.

LE MEUNIER.

Un mois, c'est peu de chose, et ce serait caprice
Que de lui refuser ce léger sacrifice.

OSCAR.

Au foyer des Français tous je vous attendrai.

DORFEUIL.

Mais quel est ce dessein ?

OSCAR.

Je vous l'expliquerai.

(*Au Meunier.*)

Ta femme et toi, meunier, tous deux je vous invite.

LA MEUNIÈRE.

A ce théâtre un jour mon mari m'a conduite.
T'en souviens-tu, Guillaume ?

LE MEUNIER.

Ah ! certe ! et sans effort !
On jouait Charles VI... Talma vivait encor !

FIN DE LA QUATRIÈME PARTIE.

CINQUIÈME PARTIE.

(La scène est au foyer du Théâtre-Français.)

SCÈNE PREMIÈRE.

OSCAR, LE DIRECTEUR.

OSCAR.

Tout va mal.

LE DIRECTEUR.

Tout va bien.

OSCAR.

On siffle.

LE DIRECTEUR.

On applaudit.

OSCAR.

J'ai contre moi les sots.

LE DIRECTEUR.

Pour vous les gens d'esprit.

OSCAR.

Le nombre en est borné.

LE DIRECTEUR.

L'autorité plus grande.
L'ouvrage par lui-même assez se recommande.
Dans un mois fait, reçu, par les acteurs appris,
Et c'est un tour de force enfin, même à Paris.

OSCAR.

Il nous faut à présent un succès. Le parterre
Me semble être monté moins bien qu'à l'ordinaire,
Et la présomption qu'on m'a tant reproché,
Qui de voir le péril du moins m'eût empêché,

Qui ne faisait de mal, après tout, à personne,
Quand j'en aurais besoin tout à coup m'abandonne.

LE DIRECTEUR.

Vous êtes soutenu.

OSCAR.

Soutenu sans vigueur.
Et je suis attaqué partout avec rigueur.

LE DIRECTEUR.

Trois actes sont passés ; voici le quatrième ;
Il s'achève...

OSCAR.

Il se traîne...

LE DIRECTEUR.

Allons jusqu'au cinquième,
Et je vous garantis un triomphe complet.

OSCAR.

Que le ciel vous entende ! et que n'ai-je pas fait,
Moi que l'on signala toujours comme indocile,
Pour vaincre ce public ingrat et difficile !

LE DIRECTEUR.

Il vous en tiendra compte, et vous aurez le prix
Des soins que cette fois pour lui vous aurez pris.

OSCAR.

Du chemin que j'ai fait moi-même je m'étonne :
Comme un sage, vraiment, voilà que je raisonne :
Je cherche à réunir les deux camps divisés,
Je veux fondre en un seul deux genres opposés.
Mon ouvrage est assis sur une double base.
J'évite dans les mots la bassesse et l'emphase ;
Mon sujet se renferme en un temps limité ;
Et si d'un lieu restreint je n'ai pas l'unité,
Unité fatigante et souvent ridicule,
J'ai, vous en conviendrez, poussé jusqu'au scrupule,
L'unité d'action, l'unité d'intérêt.

LE DIRECTEUR.

C'est tout ce que de vous on exige en effet.

OSCAR.

C'est plus, assurément, qu'on ne devait attendre ;
Contre mon parti même il faudra me défendre.

5

Déjà pour se venger de cette scission,
Déjà, pour me punir de ma rébellion,
Entendez-vous les cris de la triple cabale ?

LE DIRECTEUR.

C'est le dernier soupir de la secte rivale.

OSCAR.

O quelle incertitude ! ô carrière des arts !
Tes charmes séducteurs enchantent les regards ;
Nous croyons, dans l'erreur de nos jeunes années,
Que par la bonne foi les palmes décernées
Seront le patrimoine et l'orgueil du talent ;
De loin le sol est riche et le ciel est clément ;
Mais de près quel écueil, quel gouffre, quel abîme !
Qui peut le refermer ? ét quelle est la victime ?
De quel côté sortir ? de quel côté marcher ?
De quel côté la gloire ? et par où la chercher ?
Vous croyez la saisir : de force on vous l'arrache ;
De votre front soudain le laurier se détache,
Triste, méprisé, seul, errant, irrésolu,
De ceux qui vous flattaient à peine reconnu,
Vous maudissez le jour qui lentement s'achève.....
Malheureux ! qu'as-tu dit ? que ton cœur se relève.
Qu'as-tu besoin d'honneurs et d'applaudissemens ?
N'as-tu pas en toi seul tous tes ravissemens ?
Qui peut t'ôter le germe et le don du génie ?
Ta carrière s'étend au delà de la vie.
Marche, avance ! vois-tu sur le trône des cieux
D'illustres devanciers qui te suivent des yeux ?
Avance, c'est par là, c'est par là qu'est la gloire !

LE DIRECTEUR.

C'est une prophétie : et pour vous dans l'histoire
Une place est marquée au plus haut des degrés.
Nous entrons après vous sous les parvis sacrés,
Fiers de ces sentimens qui nous ont fait comprendre
Ce que de vos efforts on avait droit d'attendre.
Avec vous les périls ont été partagés.
Ouvrant à deux battans les portes de la scène,
Nous sommes avec vous descendus dans l'arène...

OSCAR.

Aujourd'hui les deux camps ont armé tous leurs bras,
De l'œil on se mesure, on ne se parle pas ;
Les deux partis ont fait les mêmes sacrifices.

Les dieux nous seront-ils contraires ou propices?
De tout ce qui se passe allez vous informer.
Je crains pour cet hymen que je voudrais former.
Ma femme ou bien ma gloire encor m'est disputée.
Le père, pour Derval, a la tête montée :
Un échec contre moi lui donnerait beau jeu.

LE DIRECTEUR.

Pour vous est la fortune, et vous verrez dans peu.
Je vous réponds de tout..... quelles sont ces figures?..
Dans le foyer ?....

OSCAR.

Ce sont deux bonnes créatures,
Le meunier et sa femme.

LE DIRECTEUR.

Eh bien donc avec eux
Demeurez ; moi, je vas travailler pour nous deux.

(*Il sort.*)

SCENE II.

OSCAR, LE MEUNIER ET SA FEMME.

LE MEUNIER, *à Oscar.*

Sommes-nous seuls ici?

OSCAR.

Tu le vois...

LE MEUNIER.

L'œil alerte !
D'un noir complot par moi la mèche est découverte ;
Je ne sais ce que c'est, mais je tiens qu'en ce jour
Contre vous on se porte à quelque vilain tour.

OSCAR.

Explique-toi.

LE MEUNIER.

Sans doute il faut que je m'explique;
Mais j'ai la langue épaisse et ma femme se pique
De parler mieux que moi. C'est donc elle qui va,
Si vous le permettez, vous raconter cela.

5.

LA MEUNIÈRE.

C'est à toi de parler : tu connais mieux l'affaire,
Car j'écoutais la pièce et non pas le parterre.

LE MEUNIER.

Ce n'est pas là du tout que sont les ennemis.

OSCAR.

Où donc ?

LE MEUNIER.

Près de la loge où vous nous avez mis.
Votre nom prononcé m'a fait prêter l'oreille,
Et jamais on ne vit manigance pareille :
« Il faut que cet auteur par nous soit écrasé ;
» Il faut que le théâtre ensuite soit rasé
» Rasé de fond en comble, et que pierre sur pierre
» N'y reste pas... »

OSCAR.

Comment ? et de quelle manière ?

LE MEUNIER.

Je l'ignore, mais là, ces mots ont retenti....
Agissez maintenant, vous êtes averti...
J'ai tracé mon sillon, le reste vous regarde...
On parle d'un papier qu'en réserve l'on garde,
D'un placet que l'on signe et d'un roman... Ma foi,
C'est là que je me perds... c'est de l'hébreu pour moi.

LA MEUNIÈRE.

Mais, Guillaume...

LE MEUNIER.

J'y suis ! Contre le romantisme
Qu'on dit n'être, après tout, que du charlatanisme
On veut prendre la plume et pétitionner.

LA MEUNIÈRE.

De mon pauvre mari la tête va tourner.

LE MEUNIER.

On veut vous attaquer auprès de la puissance ;
De vous arrêter court on fonde l'espérance.
Où ? par qui ? je ne peux entrer dans ce détail ;
Mais la méchanceté me paraît en travail,
Et si vous m'en croyez....

LA MEUNIÈRE.

Que nous veulent ces dames ?

SCENE III.

Les Mêmes, Mme. DORFEUIL, JULIE.

Mme. DORFEUIL, *à Oscar*.

On ourdit contre vous la plus lâche des trames ;
Dans l'entr'acte on suspend votre ouvrage nouveau ,
Et l'on veut empêcher de lever le rideau.

LE MEUNIER.

Ainsi tout se confirme...

OSCAR.

Et c'est une infamie !

Mme. DORFEUIL.

Dans la salle , au théâtre, on murmure , l'on crie ;
On demande la pièce ; et jamais on n'a vu
Le parterre, je crois, plus vivement ému.

JULIE.

Dans l'ombre dirigé par une main cruelle
Cet indigne complot fait l'objet d'un libelle
Qui dans les corridors commence à circuler...
Les auteurs s'en pourraient aisément signaler...

OSCAR.

Quels sont les rédacteurs d'un pareil manifeste ?

Mme. DORFEUIL.

On a nommé Derval , on se tait sur le reste;
Mais je crains que Dorfeuil...

OSCAR..

Cependant j'espérais
Qu'il était resté neutre , et qu'enfin je pourrais
Obtenir mon pardon de sa miséricorde.

Mme. DORFEUIL.

Non , non...

OSCAR.

Mais ce délai qu'à Montmartre il m'accorde
Cette peine qu'il prend aujourd'hui de venir...

Mme. DORFEUIL.

Vous imaginez-vous qu'il vient vous applaudir ?

OSCAR.

Il vient examiner pour mieux juger ensuite.

Mᵐᵉ. DORFEUIL.

C'est sur la passion qu'il règle sa conduite.
Il porte son arrêt avant que d'écouter,
Et vous ne devez plus désormais vous flatter
Qu'il approuve jamais aucun de vos ouvrages.
De son entêtement il m'a donné des gages.
Sur lui ne comptez pas...

LE MEUNIER.

Ils viennent...

JULIE.

Fuyons-les.

Derval m'est odieux ; je ne verrai jamais
Un homme qui voulut vous arracher la vie.

Mᵐᵉ. DORFEUIL.

Son cœur est dévoré du poison de l'envie,
Mais il n'est pas au bout ; et vos succès prochains
Rendront ses jours amers et tous ses efforts vains.

JULIE.

Je ne puis vous quitter.... faut-il que la querelle
Plus funeste et plus sombre encor se renouvelle ?

OSCAR.

Avec calme et sang-froid je vais le recevoir.

LE MEUNIER.

Ils viennent.

Mᵐᵉ. DORFEUIL.

Restons-nous ?

JULIE.

Ah ! je ne puis le voir !
(*Elle sort avec sa mère.*)

SCÈNE IV.

OSCAR, LE MEUNIER ET SA FEMME.

LE MEUNIER.

Dites un mot, pour vous je vas me mettre en quatre.

LA MEUNIÈRE.

De quoi te mêles-tu ? Laisse-les se débattre;
Viens reprendre ta place...

> (*La meuniere entraîne son mari.*)

SCÈNE V.

OSCAR.

        Il faut, pour un moment,
Modérer l'âpreté de mon ressentiment.

SCÈNE VI.

OSCAR, DORFEUIL, DERVAL.

OSCAR, *à Derval.*

Un bruit, honteux pour vous, se répand dans la salle :
On vous donne pour chef d'une intrigue fatale
Qui ne tend à rien moins qu'à m'enlever le fruit
Et des travaux du jour et de ceux de la nuit.
Parlez, parlez, monsieur, que faut-il que je croie ;
Dissipez les soupçons où mon âme est en proie.

DERVAL.

Il n'est plus temps de feindre... oui, tout est décidé
On biffe le visa qui vous fut accordé...

DORFEUIL.

Quoiqu'un peu tard on pense à punir les coupables,
Et l'on va d'Augias nettoyer les étables ;
Dans votre portefeuille il faudra renfermer
Le drame dont le poids nous devait assommer.

OSCAR.

Vous ne démentez pas ce récit incroyable ?
Vous ne repoussez pas ce trait abominable ?

DERVAL.

Pourquoi ce trait par moi serait-il repoussé?
Si d'un bras ferme et sûr c'est moi qui l'ai lancé ?

OSCAR.

Vous en faites l'aveu ?

DERVAL.

De plus, je m'en fais gloire.
C'est moi qui de ma main rédigeai le mémoire.

DORFEUIL.

C'est lui qui l'écrivit, et moi qui l'ai signé.
A la barre du goût vous êtes assigné.
On vous voyait déjà marcher tête levée,
Et la position allait être enlevée
Par la ruse, la brigue, et par tous les battoirs
Que vous aviez placés jusque dans les couloirs.
L'administration, par nos soins mieux instruite,
Va trancher dans le vif; et nous verrons ensuite,
A la file, tomber tous vos imitateurs.

OSCAR.

L'autorité s'immisce aux débats des auteurs ?

DERVAL.

Il y va de l'honneur même de la couronne ;
Le style qu'on adopte et la pièce qu'on donne,
Qu'ils causent du tumulte ou jettent de l'éclat,
Importent tous les deux au repos de l'état.

OSCAR.

Le repos de l'état n'est pas ce qui vous touche ;
L'intérêt général n'est que dans votre bouche :
Je connais vos desseins, je sonde vos motifs ;
Vous en avez, monsieur, et de très-positifs.
En fermant toute issue à la nouvelle école,
Vous voulez des faveurs garder le monopole ;
C'est là ce qui vous fait poursuivre avec tant d'art
Les jeunes partisans du nouvel étendart,
Et la littérature est comme un héritage
Où vous ne voulez pas nous admettre au partage.
Un bandeau sur les yeux vous croyez être encor
Au temps où pour vous seuls on ouvrait le trésor.
Vous laissiez nos guerriers aller à leurs batailles,
Et viviez dans le luxe au sein de nos murailles.

Nous tous, faibles alors, nous étions condamnés
A ronger les morceaux par vous abandonnés.
De vos airs dédaigneux nous dévorions l'outrage ,
Et faisions du métier le rude apprentissage.
Ces temps sont écoulés... Je lis dans l'avenir.
Notre joug va cesser, votre règne finir.
L'Institut, grâce à nous, déjà se régénère ;
La paresse n'est plus un titre littéraire ;
L'équité, du fauteuil, écarte les intrus ;
La saine autorité réprime les abus.
Vous pensiez qu'elle allait enchaîner le génie ?
Une telle espérance est une calomnie :
A nos jeunes talens elle a tendu la main ;
Nous triomphons ce soir, et vous tombez demain....
A pas précipités le directeur s'avance ;
Venez, dans ses regards lisez votre sentense !

SCÈNE VII.

Les Mêmes, LE DIRECTEUR.

LE DIRECTEUR, *à Oscar.*

Mon ami, suivez-moi... tout obstacle est levé.

DERVAL.

Que veut dire ceci ?

DORFEUIL.

Qu'est-il donc arrivé ?

LE DIRECTEUR.

Le navire est à flot, les acteurs sont en scène ,
Et la pétition n'excite que la haine.

(*Il sort avec Oscar.*)

SCÈNE VIII.

DORFEUIL, DERVAL.

DERVAL.

C'est ici qu'il nous faut redoubler de valeur ;
Que chacun à son poste agisse avec ardeur,
C'est la rivalité de César et Pompée.
Que de mort, par nos coups, la pièce soit frappée ;

Attaquons vers par vers et couplet par couplet,
Et que tout l'acte enfin tombe sous le sifflet.

(Il sort.)

SCÈNE IX.

DORFEUIL seul.

Voilà ce qui s'appelle une bonne justice :
Il suffit, pour blâmer, qu'ailleurs on applaudisse,
Et de quelque côté que l'on prenne parti,
Je ne veux pas, morbleu ! qu'on s'y rue à demi.
La cause de Derval n'est autre que la mienne,
Tous les moyens sont bons pourvu qu'on la soutienne ;
Et quand ma femme pense à m'imposer son choix
C'est à moi de veiller à lui donner des lois ;
J'ai trop laissé toucher à ma prérogative,
Je veux dans ma maison qu'à ma mode l'on vive ;
Je veux que tout s'arrange avec ma volonté ;
Je veux que ma raison soit une autorité ;
Je veux que ma syntaxe y soit un évangile.
Mais j'exhale au foyer un courroux inutile :
Courons unir ma voix aux cris des combattans ;...
Qu'entends-je ? quels transports ! quels bravos éclatans !
Quels battemens de mains et quel trouble en mon âme !
Le sort se tourne t-il du côté de ma femme ?
Derval est-il vaincu ? l'autre, victorieux ?
Dieux immortels ! daignez faire triompher ceux
Qui du vrai beau toujours conservèrent les types !
Qui n'ont pas un instant dévié des principes !
Faites qu'on puisse voir renaître dans Paris
Les grands jours de Panurge et de Sémiramis !
Que Géronte et Scapin reportent sur les planches
L'allure qui plaisait au public des dimanches !
Que notre vaudeville, avec son tambourin,
Ressuscite Cassandre et rappelle Arlequin !
Et que, mettant un terme à leurs plaintes funèbres,
Faust, Obéron, Machbeth rentrent dans les ténèbres !
Sans sortir du foyer je puis également
Siffler...

(Il tire de sa poche un long sifflet, et il en tire des sons aigus.)

SCÈNE X.

DORFEUIL, SPECTATEURS CLASSIQUES.

UN SPECTATEUR.
Siffler sans voir ?... à la porte !...

TOUS.
A la porte !

LE SPECTATEUR.
C'est un homme payé pour siffler de la sorte.

DORFEUIL.
C'est vous que l'on paya pour applaudir l'auteur.

TOUS.
A la porte !....

LE SPECTATEUR.
Arrêtez !.... c'est un perturbateur.
Et vite il faut aller chercher le commissaire.

SCÈNE XI.

LES MÊMES, Mme. DORFEUIL, JULIE, DERVAL.

Mme. DORFEUIL.
Que faites-vous, Dorfeuil ?

JULIE.
Que faites-vous, mon père ?

DERVAL.
Eh oui, que faites-vous ?

DORFEUIL.
Quel est l'événement ?
A quel endroit en est la pièce ?

DERVAL.
Au dénoûment.

DORFEUIL.
Et le public la trouve...?

Mme. DORFEUIL.

Admirable!

JULIE.

Admirable !

DERVAL.

C'est, à ne point mentir, une œuvre détestable,.
Des caractères faux, des actes décousus,
De genres différens un mélange confus....
Mais d'ameuter les gens la science profonde ;
Un art, à peu de frais, de contenter son monde...

JULIE.

Que dites-vous, monsieur ? C'est un art tout nouveau
D'agencer, de grouper, d'assembler en faisceau
Les fils qui vont au cœur, les sons qui vont à l'âme.

DORFEUIL.

Ma fille, devant nous, réprimez cette flamme...

Mme. DORFEUIL.

Ignorez-vous qu'Oscar a tout modifié,
Et son style et son plan...

DORFEUIL.

J'en suis édifié !

Mme. DORFEUIL.

Sa crainte la plus grande était de vous déplaire.

DORFEUIL.

Je ne l'aurais pas cru.

Mme. DORFEUIL.

Sa tendresse l'éclaire!

DORFEUIL.

J'en suis ravi pour elle, et bien aise pour lui.
Mais fera-t-il demain ce qu'il fait aujourd'hui?
Une concession feinte nous suffit-elle ?
En est-il moins le chef de l'école nouvelle ?
S'il rétracte un moment son système pervers
Hier en eut-il moins l'esprit tout de travers ?
Me bercerai-je au vent de son étourderie ?
Dois-je aussi m'affubler de camaraderie ?
Et, quand il serait vrai qu'il se fût amendé,
Serait-ce une raison pour qu'il fût regardé

Par moi, comme le seul qui convînt à ma fille ;
Non... il ne doit jamais entrer dans ma famille :
Ou succès ou défaite, il n'importe... c'est vous,
C'est vous, mon cher Derval, qui serez son époux.

SCÈNE XII.

Les Mêmes, LE DIRECTEUR.

LE DIRECTEUR *se montrant à la porte.*

On demande l'auteur et partout on l'appelle ;
Il nous fuit et veut être à sa gloire infidelle...
L'auteur !..

DES VOIX *derrière le théâtre.*

L'auteur ! l'auteur !

(*Le directeur disparaît.*)

SCÈNE XIII.

Les Mêmes, moins LE DIRECTEUR.

JULIE.

J'en mourrai de plaisir !

DORFEUIL.

Il se fait tard... partons...

Mᵐᵉ. DORFEUIL.

Je ne veux point partir
Sans avoir vu celui qui sera notre gendre.

DORFEUIL.

Au foyer... en public... veut-on faire une esclandre ?
Quelle obstination... (*A Derval.*) Donnez-lui votre main.

DERVAL.

Pour le coup, c'est assez... plus de nœuds, plus d'hymen.
Tant que d'un peu d'espoir la lueur incertaine
Oscilla devant moi, vous m'avez vu sans peine
Seconder vos desseins, et c'est la vérité
Que je ne me suis pas aisément rebuté.

Mais il est impossible à présent qu'on s'abuse :
Vous m'offrez votre fille, et moi je la refuse.

DORFEUIL.

Vous refusez ma fille ?

DERVAL.

Il en coûte à mon cœur.

Mme. DORFEUIL.

C'est se conduire là comme un homme d'honneur.

DORFEUIL.

Je vous forcerai bien...

DERVAL.

Permettez qu'à cette heure
Je puisse à petit bruit regagner ma demeure.
Je n'ai rien épargné pour servir vos projets :
Notes aux feuilletons, cabales et sifflets ;
Tout marchait rondement ; mais la raison publique
Se penche, malgré nous, vers le drame exotique ;
Nous sommes débordés, et c'est comme un torrent
Qui doit avoir son cours...

DORFEUIL.

Vous devenez prudent.

DERVAL.

J'ai fait plus d'une fois de ce côté mes preuves ;
Jusqu'à Montmartre enfin j'ai poussé mes épreuves :
Plus jeune, mon rival doit être plus heureux.
Quand je l'aurais tué, m'en aimerait-on mieux ?
De dégoûts le destin veut abreuver ma vie ;
Il faut s'en retourner à la philosophie.
Je perds tout !.. et je vas dans Sénèque ou Longin
Chercher des boucliers contre un pareil chagrin.

(Il sort.)

SCÈNE XIV.

Les Mêmes, moins DERVAL.

DORFEUIL.

Bon voyage !..

SCÈNE XV.

Les Mêmes, LE MEUNIER, LA MEUNIÈRE.

LE MEUNIER.

Voilà le héros de la fête.
De couronnes de fleurs on a paré sa tête :
C'est comme le bœuf gras !

SCÈNE XVI.

Les Mêmes, OSCAR, LE DIRECTEUR, Romantiques,
Auteurs, Spectateurs.

OSCAR.

Nous tombons à vos pieds !

DORFEUIL.

Vos torts par le succès ne sont point expiés ;
Vous êtes l'ennemi d'Arouet de Voltaire.
Cependant, je le vois, votre hymen va se faire.
On mène par le nez un mari déjà vieux...
Je me rends... Levez-vous... Boileau, ferme les yeux !

FIN DE LA CINQUIÈME ET DERNIÈRE PARTIE.

www.ingramcontent.com/pod-product-compliance
Ingram Content Group UK Ltd.
Pitfield, Milton Keynes, MK11 3LW, UK
UKHW022329070726
13614UKWH00003B/1013